立川談志
まくらコレクション

これが最期の“まくら”と“ごたく”

立川談志［著］

竹書房文庫

まえがき

立川談志師匠没後十年にあたる二〇二一年に発売された本書は、談志師匠に関する知識の濃淡にかかわらず、どんなニーズの方にもオススメのものとなっています。

というのも、ここでまとめられたまくらは、まず落語家・立川談志の歴史を一覧するのにもっとも適したものであるからです。一九七五年から二〇〇七年までの三十年以上にわたり、ひとつの落語会で語られたものを定点観測的にまとめたものなので、当時の出来事など社会との接点に触れながら楽しむことができ、さらにその時々で変化した談志師匠の状況を時系列で追うことができます。

談志師匠は七十年代は落語協会に所属し、年齢も四十代に差し掛かってすでに寄席の人気者として確固たる地位を築いていました（七五年のまくらは三十九歳！）。また、国会議員として七十五年末には沖縄開発政務次官に就任、直後に数々の発言で世間を騒がせたり。八十年代には落語協会を脱退、立川流を創設。九十年代にはガンを患い公表、同時に寄席を飛び出したあとに入門した弟子たちが続々と真打になり有名になっていきます。〇〇年代にはそれまでの古典とは一線を画したイリュージョン落語をも進化させ、本書では亡くなる四年前の高座まで収録されています。立川談志とは、常に「渦中の人」でした。この本を読むと物語の主人公が必ず立ち寄る場所でしゃべった断片を集めたら、その人物が立体的になっていくという不思議な感覚に囚われます。

また、他の活字資料と決定的に違うのは、口演された場所が「にっかん飛切落語会」という複数の演者が集うホール落語会であるということです。談志師匠の音源や口演の活字化は、基本的には「ひとり会」という独演会形式の、談志師匠だけを聴きにきた熱烈なファンの前で語られたものが多いですが、この本では自分を目当てとしていない人の前で語っている談志師匠を定点観測することができます。寄席などに近い感覚で、お客さんへのサービスや自分の語りに惹き込むテクニックをふんだんに盛り込んでいる談志師匠に触れられる貴重な資料です。途中、何度かおなじようなツカミや話が出てくるのですが、そこはこういった事情からなのでご愛敬です。

上記のように、本書はかなり貴重かつ刺激的な資料であり、同時に時代を思い出させてくれる面白いトーク盛りだくさん。高座でおどけたり、いきがったり、活き活きする談志師匠の息遣いをぜひ感じてみてくださいね。

サンキュータツオ（漫才師／日本語学者）

目次

編集部よりのおことわり

◆本書は「まくら」を書籍にするにあたり、文章としての読みやすさを考慮して、全編にわたり新たに加筆修正いたしました。

◆本書に登場する実在の人物名・団体名については、一部を編集部の責任において修正しております。予めご了承ください。

◆本書の中で使用される言葉の中には、今日の人権擁護の見地に照らして不当・不適切と思われる語句や表現が用いられている箇所がございますが、差別を助長する意図をもって使用された表現ではないこと、また、古典落語の演者である七代目立川談志の世界観及び伝統芸能のオリジナル性を活写する上で、これらの言葉の使用は認めざるをえなかったことを鑑みて、一部を編集部の責任において改めるにとどめております。

汚く儲けて、キレイに使え

一九七五年九月二十五日　イイノホール
にっかん飛切落語会　第八夜『宿屋の仇討』のまくらより

足を痛めた後遺症が未だありましてね……。え〜、（五代目三遊亭）圓楽もなんか三席目ぐらいになると足が痛くなる。あたしゃぁ、もう、一席目から痛くてね（笑）。袴なんて穿きたくないんですけど、袴穿くと行儀が悪くなってね、ね？（初代林家）三平みたいになっちゃうと嫌だから（笑）。え〜、そんなこと言っても言い訳なんですけど……。

内臓が悪いのは不摂生でしょうがないんだけど……、芸人が健康でつやつや太ってるというのは、何か陰がなくて面白くないね（笑）。あたしなんかは、いつも、……今は色は黒いけれど、普段、顔の色は悪いしね。胸も肝臓も悪そうでね、なんか早死にしそうで（笑）、名人というのはこういう感じじゃないかと思いますね（爆笑）。いろんなのがある。

ただ、近頃、こう出て来ると、まぁ、落語会はそんなこともないんだけど、寄席なんぞ……、寄席で噺が出来なくなって……、出来ないこともないんだろうけどね。野次りやがんの。落語ってのは、一緒に遊ぶもんだと思ってんだ、向こうは（笑）。わぁわぁわぁわぁ、野次りやがって、寄席だか、広島球場だか、訳が分かんなくなっちゃう（爆笑）。

「お前は国会で何をしてんだ！　何にもしてねぇんだ！　この税金泥棒！」

失礼な奴があるもんだ。何にもしてない訳がない。廊下をウロウロしたり、いろんなことをしてるんだよ（爆笑・拍手）。まぁ、一所懸命やっても、あんまり効果がねぇんだよ。え〜、癪だから発表してやろうかと思うんだよ。この間も、大平（正芳）さんっていうのがいるんだよ、知らないと思うけど（笑）。そこへ行ってね、

「一所懸命やってるけど、あんまり効果がありませんね」

って、言ったら、向こうでそう言ったよ。

「お〜、君で日本が変わっちゃ困るよ」

って、言ってましたけどね（爆笑）。え〜、いろんなことになるんでございます。

まぁ、何のかんの言ってもね、いい世の中みたいな感じがするんでございます。

イライラしているときは落語を聴いてんのが、一番いいですよね。今は落語家もね、テレビに出ないとね、一人前じゃないみたいな使い方を寄席でするの。で、落語家っていうのと、テレビっていうのは本当は合わねぇんだよ。こんなことするもんじゃねぇんだよ、落語家っていうものは（笑）。照れたりなんかするの。そのいい例がねぇ、あとから（高

座に）上がる弟子《うち》の談生（現・鈴々舎馬桜）とか楽松（現・三遊亭鳳楽）なんざ、そうなの。だから、ああいうのが本当にちゃんと演ってんだよ。で、自信も持っているしね。そういうのをテレビ出さないと使ってくれねぇから、しょうがないからテレビに出すんだけども。どうぞ一つああいうのを育ててね、やって欲しいと思う……。〝育てる〟ってのは、ただ、見てりゃいいってもんじゃないんだよ。向こうにもそれだけの内容を要求されんだからね（……笑）。

だから、落語っていうのは、あのう、本当のことを言っているのがわたしぁ好きでね。

寄るとさわると、

「一杯《いっぺぇ》飲みてぇなぁ」

とかな。

「女郎《じょろ》買《け》いに行きてぇ」

なんて言ってね。で、錦の褌《ふんどし》で遊びに行っちゃったりしてね（爆笑）。女郎買いに行きたければ働きゃいいんだよな。ね？　仕事があるんだから、あいつら。大工だとか、左官《しゃかん》だとか、金貯めて行くんなら文句ねぇんだけど、そういうの面白くないんだろうね。ちゃんと知っているんだ。金貯めて遊びに行くのは、本当の遊びじゃねぇんだね。遊びは何にもしないで、「よぉよぉ！」なんて言って遊びに行くのが本当の遊びでね（笑）。一所懸命やって偉くなるのは、これ当たり前。出世でも何でもない。出世ってのは何もしなくて、ドーンと偉くなっちゃうのが、出世って、言うの（笑）。今の三木総理みたいのが、出世っていうんだよね（爆笑）。

あれはねぇ、もうだいぶ前だけど、田中角栄ってのがいてね、

「（田中角栄の声色で）まぁ、あの〜」

なんて言ってんだけど（爆笑・拍手）、これがねぇ、総理大臣になっちゃった、金でね。そうしたら、皆怒ったんだよ。客席《あなたがた》も怒ったんだよね、一緒になって。

「金で総理の座を買ってはいけねぇ」

って、言ったんだよね。

「やっぱり総理大臣は、もっと清潔でなきゃいけねぇ」

って、言ったんだよ。「ちゃんとしてなきゃダメなんだ」って、ガッカリしちゃった、聞いて（笑）。ねぇ？ 人物がちゃんとしてなきゃなれねぇってなら、おれたち生涯なれねぇけどね、金でなれるんならチャンスがあるんだ、こっちもね（笑）。ウチの庭から石油でも噴き出しゃ、「おれだって何とかなるなぁ」って思う夢を無残にも砕きやがってね（笑）。金でなっちゃいけないんだ。昔は、

「汚く儲けて、キレイに使え」

って、言ったんだよ。今は、そんなことを言わないんだね。あいつは、汚く儲けてキレイに使ったらクビになっちゃった、可哀想にね。

で、「じゃあどうしよう」ってことになった訳、あとに成り手がいっぱいいるの。今みたいに、四国から出て来て暗闇から出て来た牛みたいな顔の人もいるしね（笑）。群馬県のほうでは、二人ばかり名乗り出たの。背が高くて若いうちに頭の禿げちゃった奴とね（爆笑・拍手）、胃が悪そうで耳ばっかり大きいのがね（笑）出て来たけど、そうすると、また金を使うからいけねぇって、言ったのね。

だから、自民党も考えた訳だな。「金のねぇ奴はいねぇかな？」って、自民党の中を全部見た訳。一番端っこにしょぼくれた爺《じじい》が一人いた訳ね（爆笑）。眼鏡かけてね、年とった圓鏡《えんきょう》（八代目橘家圓蔵）みてぇな顔した奴がね（爆笑・拍手）。訊いたら、「三木」って、言うからね、

「じゃあ、こいつにしようじゃねぇか？　銭がなさそうだから」

〝貧乏人・三木〟っていう訳にはいかねぇから、〝クリーン・三木〟とか何とか言ってね（笑）。あれが総理大臣になってんだよ、みんな喜んで拍手してるけど、知らねぇや、あとどうなるか、おれ。

だからねぇ、政治ってのは、皆さんの言う通り動いているのね。だから、よくならな

いんだと、おれはそう思うよ。大体プロが素人の言うことなんか聞いてちゃいけないんだよ。そう思うよ。だから、落語家なんか随分注意されるけど、直す奴は一人もいねぇもんね（笑）。まぁ、そんなもんでね。それで死んじまうんだから、どうしようもないもん（笑）。

三平（初代）なんかは夜中になったら、頭をかきむしっているのかねぇ？　あれねぇ（笑）。それとも平気な顔をしてんのか、知らないけれども。

おれは夜目が覚めると、

「こんなことでいいのかな？」

って反省するけれどもね。反省すると生きてられないから、酒飲んじゃうの、大概（笑）。

もう、今ぁ、旅行でもなんでも、何て言うのかねぇ？　一等車っていうか、グリーンからいっぱいになっちゃうんですよ。意外にあの普通車っていうのは空いてるのね。この間グリーン車に乗ったらね、ドカドカドカドカって乗り込んで来やがってね。おれはタダだから驚かないけど、どこ行ってもね（……笑）。とねぇ、ステテコになっちまう、ズボン脱いで。ゴルフのバッグをゴーンって上に上げてね、もう、マッチの棒を配ってんだよ（笑）。来る女の人のねぇ、つまり売りに来る人の尻《けつ》は撫ぜるねぇ、酷《ひで》えもんだぁ。これはグリーンだ。で、普通車行くとね、親子四人ぐらいでね、弁当を買ってね、ちんまりと食べててね、非常にねえ平和な感じがするのね。

だから、何がよくて良いんだか悪いんだか分かんなくなっちゃった。やがて、そうなるんじゃないかい？　金持ちはねぇ、東海道を歩いて旅をするようになる。自然歩道なんてのが出来るようになる。貧乏人は新幹線で通う訳よね（笑）。それを見ながら、ゆっくり歩いていて、

「新幹線は、ヤダね」

そんなことを言う（爆笑・拍手）。ねぇ？　お江戸日本橋、七つに発《た》って、日帰りなんぞないんだよ。ちゃんと行って帰ってね、五十三次、百何日というのを自分の時間のために使える。これはもう優雅な金持ちのやることでね。で、高輪に来て、提灯が消えて夜が明けて、大森あたりまで来てみると馬子が来て。馬子だって銭がなくてやってんじゃないんだよ。あの辺の地主の親父が何やっても飽きちゃったから馬子でもやってみよう（笑）。「洒落、洒落」なんて言ってやって（笑）。

「どうだぁ？　馬乗らねぇか？　この馬はハイセイコーの孫だよ」（爆笑）

そういう馬を引いてね。で、こう宿屋に来ると、

「♪　お泊まりならば　泊まりゃんせ」

なんて、映画女優なんて足元にも及ばないような綺麗な女がね、ちゃんと赤い手拭で

もって、足を自分でこう洗ってくれたりなんかしてね。そういうものにやがて戻って来るんじゃないかと思うんですがなぁ。だから、世の中っていうのはグルグル回っている。昔はこんなことしたんだから、暢気なもので……。

日が暮れて、……いいだろうね、暗いんだから夜道は。今は、夜道も明るいでしょう? 明るいってのはよくないね。一番よくないのは夜這いが出来ない、あれね(笑)。だから、暗いところへ入って行くよ。入ってくと、電気パチンと点けられちゃうとね、謝るか、居直るか、紋め殺すか、三つしかない(爆笑)。……ね? 面子がなくなっちゃうよ、男の。暗けりゃねぇ、合意《よけ》れば黙ってりゃいいんだから。悪ければ、「キャァ!」って、言えば、ボーンと逃げちゃえばいいんだからな(笑)。非常にそういう闇みたいなものを取っておかなきゃいけないんですけどね。

『宿屋の仇討』へ続く

落語を聴けば死なずに済む

一九七六年一月二十二日　イイノホール
にっかん飛切落語会　第一〇夜『居残り佐平次』のまくらより

【噺の前説】参議院議員の立川談志は、一九七五年十二月二十六日に三木内閣の沖縄開発政務次官に就任するも、就任時の会見と沖縄海洋博視察の記者会見の発言が問題化する。

え〜、大分評判が悪いようでございまして（笑）、今も師匠に会ったら、「しょうがねぇな、おめえは」なんて言ってましたけどね。まぁ一口に言うと、「落語家が議員になったら、けしからん」みたいなもんが根底に流れているからね。そこでものが始まる。どうでもいいけどね。ただぁ、自分の考えたり、思ったり、想像していること以外は全部、切り捨てちまうというのはね、ファシズムって、言うんだね、これはね（笑）。おれは、そう思うよ。

この間、週刊誌でね、まぁ、読まねぇんだけどね、飛行機の中で暇だから読んでたらね、

「談志の落語を聴いて帰ったお客がいて、『つまらねぇ』って、言った」っていうんだけどね。そりゃぁ、みんな面白いという訳にはいかないもんね（……笑）。（落語が）みんなよければ、最高点で当選しちゃうだろうなぁ（笑）。第一、プログラムを見て、「落語・談志」と書いてあるけど、「面白い」とは書いてない筈なんだけどね（笑）。「面白いだろう」と思うのは、客《むこう》の勝手で来るだけなんだよ（笑）。

だから、冗談を言うと怒るんだからね。書くんだ。書いてあるんだからね、「俺が今に外務大臣になる」って。よくワザと頭抱えて演る根多があるでしょう？　あれ演ったら、「言い過ぎたと思って、頭を抱えた」なんて書いてあるんだよ（爆笑・拍手）。もう、始末が悪いよ。うっかりまくら喋れないよ。

今日、明日あたりから、もう、落語を変えてね。出て来て、

「沖縄のために、頑張っております」

ってなことを言う（笑）。

「周恩来先生も亡くなりまして、立派な方でございました。……おあとがよろしいようで」

なんとか言って（爆笑・拍手）。フフッ、面白くもなんともねぇだろうと思う。実にどうも。

……え～、いろんなことを言うもんですがねぇ。だけど、そんな世の中ってのは、いい

ことばっかりないし、また、悪いことばっかりないもんでございます。今、生きてることが凄くなんかいいようなねぇ、感じがして。バラ色みたいなことを言ってますけど、いろんなことがある。

落語ってやつはぁ、本当のことを言って、割と嘘を言わない。あの辺があたくしは、好きでね。本当のことを言う訳ですから、「一所懸命やれば偉くなる」なんて言わないし、一所懸命やってもやっぱりダメな奴はダメだって噺もあるし（笑）。

だから、イライラしたときは落語を聴くのが一番いいですね。世の中のありとあらゆる失敗だとか、恥ずかしさだとか、そういうパターンが全部入ってますからね（笑）。だから資本主義の一角に食い込もうとして蹴落とされた男もね、マルクス・レーニン主義に裏切られた若者もな（笑）、落語を聴けば死なずに済む（爆笑）。

「ああ、あれが政務次官かいなぁ？」

と、こう思えるから（爆笑・拍手）。実存の権化みたいなもんだ（笑）。サルトルはおれを見たら感激するんじゃないかと思うけど。

そういうもんだ。だからイライラしたら、落語を聴いてりゃいい。あんまり聴き過ぎると無気力になっちゃうからねぇ（笑）。この辺のコレが難しいんでござんすね。

『居残り』という、わたくしのもっとも好きな落語で、これは体調がありましてなぁ

（笑）。今演ろうと思ったら、新聞記者が楽屋にガタガタガタって入って来てね。

「意見を聞かせろ」

って、言うから、

「落語演る前にそんなこと訊くもんじゃないよ」

って、言った。ワァーっと怒ってましたけどね。報道ってのはすべてを優先すると思って自惚れてやんだなぁ、あれ（笑）。……知る権利があるかも知れないけど、こっちは知りたくねぇ権利だってあるからね（笑）。だから、今日こういうことを喋っていると誰かがどこかで見るから、楽しみにしててごらん。やられるのは、おれだから心配はないから、別に（爆笑）。

え〜、愚痴が長いようですけどね（笑）。最悪の場合で、この次の落選だからね（笑）。そのあとは名人の座が待ってんだから、驚かない（爆笑・拍手）。驚くのは圓楽と志ん朝ぐらいなもんだろうな（爆笑）。そんなおつもりで一つ……。

まぁ、遊郭を舞台にした噺は随分あるけれども、今も、おいときゃいいと思うけどね。この間、古典落語のアンケートを取ったら、「赤線なんぞないほうがいい」と答えた奴が随分いる。腹が立ちましてね。理屈から言えば、どうにでもなれ、理屈なんつぅのは。でもね、古典落語家である以上ね、「吉原なんぞはなくなっちゃいけねぇ」と答えなくちゃいけないと、おれは思うね、やっぱりね。歯を食いしばっても、「なくしてはいけません」なんてなことを言わなくちゃいけない（……笑）。だから、落語家の責任はこのぐらいのもんじゃないかと思っているんですけれども。

『居残り佐平次』へ続く

実力のある奴がね、権力の座にいるのが一番健康なの

一九七六年七月二十九日　イイノホール
にっかん飛切落語会　第一三夜『怪談あれこれ』のまくらより

遊び場所の多い中を選んでいただいて大変にありがたく、楽屋一同気も狂わんばかりに(笑)、……お陰様で平気で嘘がつけるようになりました(拍手)。だけど本当に一寸先は闇で、こんなことになる。昨日テレビをちょっと捻ったらね。こんなことになるくらいなら、三木さんと、あと二人ばかり、対談してて、「証人喚問のときに出たほうがよかったんじゃないですか?」

その通りなんだ。あたしも、そのときに決算の理事をやっててね。で、「角さんを呼べ」って野党が言ったときに、「呼べ。呼べ」って、言った訳ね(笑)。で、クビになっちゃった訳(爆笑)。それで、沖縄北方問題のほうへ連れてっちゃったんだよ。で、向こうでまたいろんなことをやっちゃった(笑)。

そうなんですよ、やっぱり権力者っていうのはね、政治権力なんだから、金の、という

よりは実力のある奴がね、権力の座にいるのが一番健康なの。強者は弱者を救うが、弱者は救わないんだ。足を引っ張るのが関の山なんだから。芸界でもそうだよ。芸のある奴は後輩を助けるけどね、ねぇ奴は助けないよ。手前《てめぇ》のことしか考えないから、名前言わないけどね（笑）。そんなもんなんだよ。

「何でおたく社長になってんのあれ？」

「実力がある。寝ないもん。仕事するよ」

って分かりいいけどね。

「何で社長になってんの？」

なんて。

「何でか知らねぇけれど、小便《しょんべん》が長ぇから」（爆笑）

そういうもんでね。それはね、野次馬根性として面白いですよ。非常に面白いですよ。普段威張っているねぇ、それがねぇ、あんなになっちゃう。非常に国民ってのは残酷なものですからねぇ。面白いけどね。おれも面白がっている一人だけどね（笑）。

だから権力の座にいる頃にね、反対をする奴を全部潰しちゃえばいいんだ、本当のことを言やぁ。そういうもんなんだよ。それをなまじ粋がってね、あと身を引いてね、「あとの者に……」ってやらせたから、あんなことになっちゃって。

三木なんて何にもしない。言っておくけど。……何にもしないよ。日本の国がなくなっても、三木だけ生きてるよ、あいつ（爆笑）。落語にあるでしょう？　あの、黒門町がよく演ったんでね、（八代目）文楽師匠が、

「泥棒が入りまして、一番番頭を縛って、二番番頭を縛って、三番番頭を縛って、四番番頭を縛って、五番番頭を、六番、七番、八番、九番、十番を縛って、二十番番頭を縛って、三十番番頭を縛って、四十番、五十番、六十番番頭を縛って、七十番、八十番、九十番、百番番頭まで縛ってぇ、『さあ、仕事をしよう』としたら、ガラって夜が明けて、今度は手前《てめぇ》が縛られた」

って、噺があるんだけどね（笑）。これと同じなんだ。今は一番番頭が順に縛られてね（笑）、終いに社会党が縛られてお終いになっちゃうんだ、これね（笑）。そんなような気がするよ。落語ってよく出来てましてね、本当にね。

まあ、どういうことになるんですかね？　だから、テレビなんか見てると、

「こんなこと、許せねぇ」

とかなんとか言ってるけど、そんなものねぇ、感情的に言うなら分かるよ。

「頭に来るな、あいつら、銭持っててな」

なんつうのは、分かるけどね。……んなぁもう、三十過ぎた大人が、

「許せない」

なんて言っていると、

「この野郎、いったい何年生きているのか？」

って思うね（笑）。落語なんか、聴いたことがねぇんだなぁ、そういう奴はねぇ（笑）。そういうもんだ、世の中っていうのはね。良い悪いを言っててんじゃないんだよ。

「神は罪を憎まない。むしろ、罪のバレる間抜けさを憎む」

って、言うけど、本当にそうだね（……笑）。だからそういう本音を聞きたかったら、落語を聴いてりゃ一番いいや。落語は本当のことを言うから。

「一所懸命やったら偉くなった」

なんて言ってないでしょ？　一所懸命やって偉くなるなら、皆、一所懸命やるもんね。一所懸命やって偉くならねぇから、酒食らって飲んで遊んでいるんだから。そういうもんなんだよ。一所懸命やって偉くなったって、いうのは、出世でもなんでもない。何にもしないで偉くなるのを、出世って、いうの（爆笑・拍手）。三木なんて、出世の塊みてぇなもんだ（爆笑）。そうなんですよ、田中角栄が総理大臣で金を使い過ぎてクビになっちゃったんだから、あと、（総理大臣に）なりてぇ奴がいっぱいいる訳だよ。ああいうのを実力者って、いうんですよ。実の力のある者なんだね。こういう奴を総理大臣にするとまた金権政治が始まるから、国民が怒るんですからね。このあいだバーで飲んでたら、「どうしたの？　あのぅ、失言問題は？」

失言問題でも何でもない。「沖縄売っ飛ばせ」と言った訳でもなければ、おれは何も、「あんな島、要《もの》らねぇから」って、言った訳じゃないんだから。二日酔いで記者会見しただけのもんだから（笑）。酒飲もうが、前の日に女を抱こうが大きなお世話だ、こんなもの。ねぇ？　週刊誌の奴と一緒に飲んでたから、始末が悪かった（笑）。そんなことがあって、翌日の新聞を見たら、

「落語次官。馬脚を露わす」

なんて（笑）。いくらおれだって、誉めてるんじゃねぇことぐらいは、分かるよ（爆笑・拍手）。

『怪談あらかると』なんて書いてあるけど、根多は何にもありゃしねぇ（笑）。「どうやって演ろうかなぁ」と、もう時間が来たから引っ込んじまおうと思ってね（笑）。えぇ〜、夏は……、今はあの幽霊がいなくなったなんてことを言うんですけど、これ、誰が言い出したのか、おそらくこりゃ大変な間違いでね。幽霊がいない訳がないんですよ。そんなもの、万物の霊長である人間が死んでもね、あの世からこの世へね、恨みを、礼を、詫びを一言、言いに来られないことはないんです。幽霊のいないなんて……、科学者に訊

いたら、

「信じられない」

なんて、言いやがんの。おれ、科学なんて信じてないもん（笑）。科学なんて信じていたら、落語なんて演ってられないよ（笑）。自分の死骸を抱いて、

「おれはいったいどこの誰だろう？」（爆笑・拍手）

常識で考えて、幽霊がいない訳がないんですよ。その、出る、なんていうか、設定というか、今の言葉でシチュエーションっていうか、そういうのがないだけなんだ。柳もなくなっちゃったしね。暗くない。明るいでしょう？　幽霊も明るいと出にくい。つまり、幽霊もね、あの、スタイルが違っているんですよ。幽霊がパンタロンかなんか穿いているかも知れないです。おそらくこん中で五人はいると思うなぁ、客の中で（爆笑）。わたしの存在が幽霊かも知れないんだからね。そう言えば、圓楽の脚を見たことがないんだけど、あの野郎（爆笑）。

だからねぇ、そんなもんなんですよね。だから、幽霊はいるんですよね。……だけど、あんまり「会った」って、言う人を聞かないんだな。又聞きが多い。ぼくは一度火の玉を見ていますけどね。戦争中でしたけど。「お、蛍かなぁ？」って。蛍にしては大きいんでね。「ああ、これが火の玉だなぁ」って思って。

怪談噺っていうのは、訥弁《とつべん》がイイですね。下手くそだった先代の貞山（七代目一龍斎）なんかやっぱり訥弁で、「いぃ～」なんて喋っているからねえ、いいんですね。だから、あのう、素人のほうが上手いんです、怪談噺っていうのは。

「……お、俺よ、き……昨日、き、昨日だ。昨日。昨日だよ！　昨日ね、おっ、昨日昨日、昨日さぁ」

商売人、「昨日」でこんなに時間を食ってたら参っちゃうからね（爆笑）。

「麻雀打って、俺さぁ、うん、寝てないよなぁ……。遅くなってさぁ、ずっとラス食ってさぁ、俺もう、金がなくなっちゃってしょうがない。帰ってさぁ、それで、瀬口《せぐち》ン家の別れてきたら、あそこ、寺があるじゃん。古いさぁ。ねっ？　二股のところを左っ側に行ったら寺があるだろう？　ねっ？　で、燐《りん》って、いうのか、ちょい、ちょい、ちょい、燃えているの、……えっ？　雨が降ると燃えるんだってなぁ。したら、鐘が鳴ってるんだよ。気持ちが悪いんだよ。ボーンってな。燐と鐘だもんな。それで、柳の木の、なぁ。何なんだろうね？　変なシミーズって、いうのかな、着た奴、髪の毛こんなになっている奴がね、柳の下にいるんだよ。それでね、『あの、お兄さん……』ってね」（笑）

なんだか怖そうだね？　訳が分かんないけど、なんだか怖そうな感じがするわな。これ、現代の若者みたいな調子で喋ったら、何にもないだろう、怪談になる訳ない。

「俺、夕べ、麻雀ぶっこいて、箱点食らい。で、全然ダメよ（笑）。こりゃこりゃ、アッハッハッハ（爆笑）。うわぁーって帰ったら、二股になってんじゃんよ。左のとこ行ったら、寺があって鐘がゴーンだって、イカさねぇ音だ（笑）、あれなぁ？　ええっ！　柳の木の下に、変なシミーズ一枚の女がよぉ、ナオンが来やがって、俺の顔見て、『恨めしい』って、アタマ来た！　お前《めえ》よぉ（爆笑）！」

怪談になりませんで……。

おっぱいとかけて、ヤクザの喧嘩と解く

一九七七年四月二十八日　イイノホール
にっかん飛切落語会　第一九夜『蜀山人』のまくらより

え〜、陽気が定まりませんで、会場は暑いからワイシャツで聴いて、こっちはシャツ着て、襦袢着て、着物着て、羽織着て喋っている（笑）。商売はつらいものでございまして……。相変わらず世間の評判も、いいようでありまして、どうも（爆笑・拍手）。

うーん、人気はあるんだけど、任期がなくなってきちゃった（爆笑・拍手）。馬鹿馬鹿しいから、もう辞めちゃおうかと思って。あっと言う間に六年間。あたしがやっぱり参議院に入ってから、日本の国が見る見るよくなったのが、目に見えるような気がします（笑・拍手）。

「おまえ、何にもやってねぇじゃないか？」

新聞はロクなことを書かないね。日刊スポーツは書く余地がないから（爆笑）、掛布（雅之）のことは書いても、あんまり談志のことは書かない。他の新聞を見るとロクなことは

書いてないね。「政治貢献度、ゼロ」とかね（笑）。「政治感覚なし」とかね。ズッコケ議員とかね（笑）。いくら俺だって、誉めてんじゃないぐらいのことは分かるからね（笑）。だけどね、大体あたしが真剣に日本の国の仕事を取り組むようになったら、もう日本はダメだと思っていいよ（笑）。こういうのを泳がしておかなきゃいけないの、本当はね。そういうもんなんだけどね。近頃泳ぎ疲れちゃって、もう、どうでもよくなっちゃった。

まぁ、イライラしたら落語でも聴いてるといいや。落語だけですよ、本当のことが言えるのはね。演芸のジャンルでも、これだけ、本当のことが言えるのはないもんね。平気で差別はするし（笑）、言っちゃいけないことを喋っちゃうしね。

差別はある、世の中って、いうものは。そんなこと言ったたってしょうがねえでしょう？老幼の順序もあるし、収入の順序もあるし、女に至っては美貌の順序まであるからね（笑）。腹が立ってもしょうがないもの。「イイ女と、悪い女、どっちやる？」って、言ったら、イイ女やるもんね、やっぱりね。そんなもんだよ（笑）。それが気に入らねぇって、言ったたってしょうがねぇものよ、やっぱり。そういうことを言う奴は、非常に下品なんだろうね。「差別がある」って言う奴は、卑屈なんだよ。

例えばいい例が、おれと竹脇無我がバーに行ってね、一緒に飲んでたら、皆、女は向こうへ行っちゃうよ、きっとね（笑）。男っぷりもいいし、金払いもおれみたいに悪くねぇ

だろうしね、きっとね。どうだか、分かんねぇけれども。そこへ行って、

「向こうへ行くのはよくない。平等にやれ」

なんて言ってもしょうがないもん（爆笑）。そんなもんだよ。だから、嫌《や》だったら他のバーへ行くとかさ、談志の噺でも喜んでくれるところへでも行って、飲むよりしょうがないもんね。そういうもんだ。ここでガタガタ言ってもしょうがないもん。だから、会社かなんかでイライラしたら、落語でも聴きに来るといいや。あんまり聴き過ぎると馬鹿になっちゃうから、その辺が難しい（爆笑）。適当に聴いてないと、いけない。聞き流してなくちゃいけないのね。


毎度言うけど、ここはあんまり上手く演らない。上手く演るとね、あとが引き立たなくなっちゃうからね。（五代目柳家）小さんが消えたりなんかするといけないから……（爆笑）。


言葉の使い方って、近頃あのう、あたしゃぁ国会にいるとあのね、ロジックとね、フィーリングって、いうんですか、今の言葉でね、一緒になっちゃうのね。あれはあたしは酷いと思うね。いつだったか、稲葉（修）さんという、あのうだいぶ名を馳《は》せた法務大臣がね、失言したことがあるんだ、憲法問題でね。したら、公明党の人が、こう、追及した訳よ。で、

「陳謝しろ！　陳謝」

って、言ったらねぇ。こう立ち上がってね、

「え〜、遺憾の意を表する次第でございます」

「『遺憾の意』なんて言ってる場合じゃないんだよ。素直に謝ったらどうなんだい？　君は」

「法務大臣、……法務大臣！」

なんて言って、またこう立ち上がって（笑）、何にも言わねえんだ、同じ調子でね、同じことを言って、最後に、

「遺憾の意を表します」

「『遺憾の意、遺憾の意』じゃ、分からないじゃないか、君ぃ！　ちゃんと謝ったらどうだい？」

三遍全くおんなじ。

「……遺憾の意を表します」（笑）

終いに怒りゃぁがった。

「同じことを訊いてるんじゃないんだよ！　謝ったらどうなのか！」

って、言ったらね、四度目に立ち上がってね、

「アンタねぇ（笑）、〝遺憾の意を表する〟ってのはね、謝っているんですよ」（笑）

って、言ったらね（……爆笑・拍手）、したら、皆、ウェーって笑いやがった（笑）。し

たら、笑われたって、怒ったんだね。

「真面目にやれ！　真面目に！」

って、言うんだね。ああいうのはおかしいよね。ロジックで追及してて、笑われると今度はフィーリングになっちゃうんだよね。

「謝り方もいいけど、そういう謝り方をすると誤解もあるから気を付けたほうがいいよ」

って会話じゃないのね。一般にそうだね。感情で喋っちゃうの。感情の動物だから、しょうがないけれども。そこに言葉があるんだけどもね。バーなんぞ、行って、

「マズい女が来たねぇ」

「悪かったわね」

って、言やがんの（笑）。〝悪い〟ってんじゃない、〝マズい〟って、言ってるだけなんだ（爆笑）。

「おまえ、悪い女だと言われて怒ってたら、一生怒ってなきゃなんないぞ（笑）。歳をとる度に老いが増えるから余計に怒りが増すだけよ、おまえ」

って、言うんだけどね。洒落た女になると、

「マズい女だね？」

なんて言うと、

「そうなの、変な顔してるでしょ？　だから、アンタの妹に間違えられちゃうの」（爆笑・拍手）。

と、腹も立たないしね。「やりゃがったな」と思う。そういう会話がね。ロンドン行ったらね、ズドン！　ロンドーンって、あの、ロンドンに行ったらね（……笑）、バスのどてっ腹《ぱら》にね、デカく書いてあるよ。

「人間は歩かなくてはいけません」

って、書いてある。バスの横っ腹へよ（笑）。で、下に小さく、

「バスストップまで」

って書いてある。粋だね、やることが（爆笑）。洒落てやがん。

頓智というと、よく落語家が演っているけど、あんなぁ、いい加減なもので、あれは言葉でどうでも出来んだよね、あれね。謎かけなんて、あれは圓鏡でも出来るんだ、誰でも出来るんだ、あんなもの（笑）。

「ナニナニとかけて、なんと解く」

ってあれ、〝かける〟なんて言葉があるでしょう、駆け出すね？　博打で金賭けるでしょう？　橋を架けるでしょう？　そういうので、くっつけていきゃいいんだ。『マラソン』なんてお題が出ると、

「ハンガーと解く。その心は、どっちも〝かけます〟」

なんてくだらないことを言ってんだよ（笑）。ちょっと捻るといいんですよね。

「マラソンとかけて、釘の出たハンガーと解く。その心は、下手にかけると、破（敗）れることがある」

なんて、上手く感じるんだよね。これはやっぱし、商売商売でね、うーん、そういうところに、やっぱりいくらか違いが……。過去の傑作で上手いのがありましたなぁ。

「お弔いとかけてウグイスと解く。その心は、泣（鳴）き泣（鳴）き埋め（梅）に行く」

というのがありました（……笑）。上手いのはねぇ、

「お夏清十郎とかけて、鰻屋と解く。その心は、裂かれた末に身を焦がします」

なんて言う（笑）。くだらなくなると、

「おっぱいとかけて、ヤクザの喧嘩と解く。その心は、すったもんだで大きくなる」（爆笑）

『蜀山人』へ続く

落語を国で守ったってしょうがねぇだろうよ

一九七七年九月二十二日　イイノホール
にっかん飛切落語会　第二四夜『持参金』のまくらより

え〜、手前《てめぇ》が一番お終いなんですけど、ちょっと具合が悪くなりましてね。胃が悪くてね……、まぁ、全部悪いんだけどね（笑）。レントゲン、胃に穴が空いてるんだか、具合が悪いから、「カメラ飲みに来い」って、言うんだよ。技師が待ってるから、「早く来い」って、言うんだよ。しゃぁがないから、何にも食わないで……。死んじゃったって、どうってことないしね（笑）。やりたいことやったから、別に驚かないんだけど。レントゲン撮り終わったら、酒ガブ飲みしてやろうと思って今考えているんだけど……。そんな訳で、一番終いに談生が……、面白くねぇだろうから、ドンドン帰っちゃっていいよ、あんなの（爆笑）。そういうもんだ。

だけど、景気が回復しなくて困るね、本当に。日本は言っとくけど、高度成長しなくちゃダメな国なんですよ。高度成長が悪みたいにねぇ、自民党自身もそんな風に思うようになって、そんなことじゃいかんで、ドンドンドンドン成長……、あんまり言うと、まだ（政治に）未練があるように思われるから、止《よ》すよ（笑）。

本当にねぇ、いい世の中ですよ、本当に。それで、……でも、東京がね、美濃部（亮吉）の野郎、しょうがねぇ（笑）。……今度、東京都知事やろうかと思って、おれ（爆笑・拍手）。何かやってないとダメなんだよ。

この間NHKに久しぶりに出演《で》たらね、書いてありやんの、

「落語一本でやったら、上手くなった」

何を言ってやんの（笑）。何が分かるものか、ねぇ？　そんなもの……、落語なんて一所懸命やって上手くなる芸じゃねぇだろ？　内容がそうじゃねぇんだもん、一所懸命やってよくなるなんて、内容ねぇだろ？　ねぇ？

あれだって、『看板のピン』だって一所懸命演ったんだろ？　したら、ピンが出ちゃったんだろ、あれ（爆笑・拍手）。内容的にみんなそういうものなんだから、だから、落語を一所懸命やって上手くなっちゃうとねぇ、落語の内容と実存が一致しなくなっちゃうんだよ（笑）。一所懸命やっちゃぁいけねぇんだよ、落語家っていうのは（笑）。だから、ボォーっとしてなきゃいけないんだね。

で、おれなんか、政治やってたって、落語上手かったじゃん（爆笑・拍手）。そうかと

思うと剣道やって下手になっちゃう奴もいるしさ（爆笑・拍手）。ああ、あれは、俺の師匠だ、あれはな（爆笑）。そういう例がいくらもあるんだからね。一概に言えないの。ねっ？

だから落語家なんて非常識なもんなんですよ、そういうもんですよ。常識的な奴がいると思ったら、大きな間違《まちげ》えだ。そんな噺を聴いても面白くないよ、常識の噺。

「皆さん、正しく生きましょう」（笑）

マリファナのどこが悪いんだあんなもの、身体に一番いいじゃねぇか。セックスによくて、寝るのによくてさぁ、食欲が湧くしさぁ、あれ。悪いところ……、タバコのほうがよっぽど悪いじゃないか、医学的に言ったら、ねぇ？

煙草は、専売局……、大蔵省の銭になって、マリファナは暴力団の、それだけの違いなんだよ（笑）。マリファナ促進会かなんか作ろうかと思って（笑）。

おれはロスアンゼルスで喫《す》ったことがあるけどね。おれはタバコ喫えないから、あんまりは入らないからダメだけどね。まわりの奴は、ゲラゲラゲラ笑ってたよ、見てたら。女の子はすぐしたくなっちゃうんだって、イイねぇ、あれねぇ（笑）。だから、今度（寄席の）入り口でマリファナを一服ずつ喫わせて入ってくればいい。何を言っても笑うようになって、客が。

「お笑いを……」

「お笑いを！　申し上げてるよぉぅ！　アッハッハッハ」（爆笑・拍手）

なんて笑っている。下手な落語にはこれが一番いいよなぁ（笑）。まぁ、ヘロインだとかねぇ、そんなものはあんまりよくねぇだろうけどね。

ヒロポンだって、特攻隊に打ってたんだろ、あれぇ。

「それ行け！」

デーンなんて、やらせといてね。

新聞ってていい加減なものだね。いかに新聞ってのはいい加減だなんて、だから新聞で書いてるだけなんだな。だから、そう思ってりゃいいよ、すべての出来事は。そうでもなければ、おれなんざぁ救いようがねぇもん（笑）。よく書くところは悪く書いてあるね。滅茶苦茶に書いてあるよ、居直ってやるよ。

「これだけ評判が悪くて、何でおれの芸がもってるの？」

って、訊いたら、何て言うのかね？

「上手いから」

って、言うのかね？　そうも言わないだろうな、悔しいから（笑）。

「偶然です」

って、言うんだろうな、向こうはな（爆笑）。始末が悪いねぇ。

国立劇場だって、バカなことやってやがる。ああいうの演ってる奴で、芸の上手い奴は一人もいないね、あれね（笑）。落語を国で守ったってしょうがねぇだろうよ（笑）。三平と圓鏡を国で守ってどうするの（爆笑・拍手）？　滅ぼすように努力しなきゃ（笑）。

で、いいものならねぇ、ちゃんと、興行主っているんだから、金儲けの対象にしてやるようになるんだ。ハッキリ言えば、上手いのがいないだけのものなんだ。二つ目見たって、ロクな者がいやしねぇ、まったく（笑）。ただリフレインしてるだけなんだから、古典落語を。（袖に向かって）少し勉強しろ！　手前《てめぇ》たちはまったく（爆笑）！『蒟蒻問答』も変えて演れ、おまえ（爆笑・拍手）！　何かねぇかもっと演り方がお前。『粗忽の使者』だって、尻《けつ》ばっかり抓っているのが能じゃねぇぞ、おまえ（笑）！　たまにはこの辺を抓るとかさぁ（笑）。ち××こ抓っちゃうとか、いろんなこと（爆笑）。……嫌な落語だね、「痛い！　痛い！　痛い！　痛い！　痛い！　痛い！」

っていうのね（笑）。いろいろ考えなきゃいけない、そういうのね。

え〜、何だか分かんなくなっちゃったけど、……でも、この三十年間ぐらいで、年齢を二十歳長生きさせたんだからね、いい国だよ。（蛇口を）捻った水がね、飲んで腹を下さないでいる国は、十《とお》もないよ、世界中に。フランスだって、この間まで、エビアンって、

ミネラルウオーターね、

「ミネラルウオーターばかりでなく、水道の水も飲めます」

なんて、テレビでテロップ流してたくらいだからね。そうだよね、ガード下でひっくり返っている乞食が週刊誌読めるぐらいレベルが高《たけ》ぇんだから、こっちは（……笑）。凄いよ。そんな国ないよ、行ってごらん、乞食なんて、何にも出来やしないから。飢え死にした奴、いねぇだんべな、ねぇ？　いないんだから、餓死した奴がいないんだから、何のかんの食ってるんだから、そうよ。だから、今ぁ、貧乏人が皆太ってんだろ（笑）？　金持ちは痩せてんだから、皆（笑）。食い物が余っているからねぇ。そういうもんなんです。だから、いい国ですよ。長生きになっちゃってね。

だから、東京が世界一でしょう？　スウェーデン抜いたって、いうんでしょう。スウェーデンなんていうのは、寒冷地帯だから寒いでしょう、向こうはね。冷蔵庫のフリーザーの中にいるようなもんなんですよ。細菌が増えないんだよな、あれな。東京なんてのは、温室地帯だから暑いでしょう？　だから、分かりやすく言うとね、フラスコの中に細菌と人間を入れて温めてかき回してる（笑）。そこで、七十三歳ですよ、平均寿命が。田舎は低いのよ。桃源郷みたいのが映ってさぁ、「長生き」なんて、嘘なんだ、あれ。田舎は抵抗力がないから、すぐに死んじゃうんだ、あれな（笑）。東京にいるとイライラするから、非常に長生きするんだよ（爆笑）。
二位が大阪だよね。まぁ、だからね。事実なんだ、数字というものはね。ある程度信じないとね。そりゃぁ、生まれた子供が死なずに済んでいるって、未熟児が、そういう部分もある。それにしてもね、七十三歳になった平均寿命ってのは、世界一になったんですよね。ああ、凄いもんだ。せいぜい長生きしなきゃ損よ。早く死んじゃぁね、損だよ。やっぱり生きてなきゃ。

長く生きてりゃねぇ、落語だってそうなんだ。（六代目三遊亭）圓生師匠なんて、この間まで屁みてぇなもんだったんだ、あんなの（笑）。長生きしたから、あんだけになったんだ（笑）。そうでしょう？　戦後なんか、（五代目古今亭）志ん生は「帰って来てもイイ」けど、圓生なんか「帰って来なくてもイイ」って、言ってたんだからね、皆（笑）。そのくらいだったんだよ。おれが入ったころは、（五代目）柳家小さんに追い抜かれちゃってヒイヒイ言ってたんだから。

「（六代目圓生の口調で）してからに、どうも」

なんて言ってもダメだったんだから（爆笑）。……今は上手いよ。ハッキリ言って、上手い。おれ、この間聴いて驚いたもん。

「上手《うめ》ぇなぁー」

っと思って、

「師匠、上手いねぇ」

って、言ったらねぇ。

「（六代目圓生の口調で）いやぁ、それほどでもありません」（爆笑・拍手）

うん、今は上手いや。あの歳になって、あれだけ……。この間、（三遊亭）圓彌が
ねぇ、行ったらね。その師匠のかみさんが、

「ウチのお父ちゃん、偉いよ」

って、言ってたって。

「夜も寝ないで、落語の、この歳になっても勉強してるよ。ウチの父ちゃん、見習わな
きゃダメだよ」

って、言ったら、圓彌が、

「若い頃どうだったんですか？」

って、言ったら、

「女ばっかり追っかけ回していた」

って、言ってたけどね（笑）。え～、大笑い、噺家の小言ってのは、その程度になっ
ちゃうんですけどね。

せいぜい長く生きて、え～、長生きするにはね、あのう、運動しちゃいけないのね。これ、一番身体に毒（……笑）。運動って身体を動かすでしょう、こんなことして。あれ一番身体に無理するから、毒なんです（笑）。だから、よく歳寄りがマラソンして死んじゃったっていうのは、あれはその見本なんだ。年とったら、マラソンなんてするんじゃないんだ、あんなもの。毒なんだから。花札《こいこい》か、なんかしてれば一番いいんだ（笑）。花札でがんになった奴はいないだろ（爆笑）？　ねっ？　それで、身体を動かさない。そーっとしてんの。

それから、日にあたるのが毒なんだよ。あれはねぇ、あのう、日光はね、ビタミンを破壊しちゃうしね。それから、火脹れになるなんていうのは、毒に決まっている。火傷ですからねぇ。ネオンはイイ。焼けないから、身体に（爆笑）。で、どうしても、日にあたりたかったら、三時過ぎの午後の柔らかぁい日にそぉーっと、こう、あたってね（笑）、で、あんまりものを考えちゃいけないなぁ。

落語もそうですよ、考える奴はねぇ、すぐ死んじゃうよ。（三代目桂）三木助師匠もそうだね、あれ、考え過ぎて死んだからね（笑）。（八代目三笑亭）可楽師匠、皆、死んだからね。一番考えないのは、（六代目）春風亭柳橋先生（笑）。だから長生きしたの。あれ、先生って言うんだから。

「師匠、ネタが変わりませんねぇ?」

「(六代目柳橋の口調で)考えるとぉ〜、死ぬぞぉ〜」(笑)

って、言ってんだからね。考えると死んじゃうだってさぁ。……(初代)三平さんなんぞ、生きるんだろうね、随分ありゃぁ(爆笑・拍手)。……このあいだ会ってね、

「兄さん、兄さん、具合悪いの?」

って、言ったら、

「風邪ひいちゃったんスよ」

って、言うから、

「身体大事にしたほうがイイすよ、身体大事に」(笑)

また、翌日会って、

「兄さん、具合悪いっての?」

「風邪ひいちゃった」

「身体大事にしてください、身体」(笑)

三日目に会って、

「兄さん、身体……風邪ひいたそうですね?」

って、言ったら、

「毎日同じことを訊くなよ」

って、言った。

「……毎日同じことを聴いてる客は大変だよ」

って、言ったらね（爆笑・拍手）、

「たぅたぅたぅ」

って、言ってたけどね（笑）。凄い人ですよ。

で、今言ったことは洒落や冗談に言っていることでなくて、本当なのよ（笑）。だから、身体動かさないこと、日にあたらないことね、それから、モノを考えないこと。

『持参金』へ続く

師匠が偉大だと弟子が育たないんだってね

一九七七年十二月二十三日　イイノホール

にっかん飛切落語会　第二七夜『慶安太平記～吉田の焼き討ち～』のまくらより

え～、只今のは談平《だんぺい》（現・四代目桂文字助）でございまして……、あたくしの弟子の中じゃ、あいつが一番、噺もしっかりしているし、数は少ないんで勉強はしないんだけども（笑）、刑務所へも二度ぐらい行ってるし（笑）、一番あれイイんだけど、勉強しやがらない。勉強すれば真打ぐらいに成れるんですけど、……師匠が偉大だと弟子が育たないんだってね（爆笑）。そうらしいですよ。だから、（五代目）圓楽のとこなんか凄く優秀な弟子が大勢（爆笑）。立派ですよ、楽松（現・三遊亭鳳楽）でも、楽太郎（現・六代目三遊亭円楽）でもね、そういうもんで。師匠の欠点を自分が補っていかなくちゃならないって、自分たちが努力するからね（笑）。え～、うまくいかないものでね。

この間喋った続きでございます。一年あっという間に過ぎちゃいましたですね。あたしにとっちゃ、六年あっという間に過ぎちゃったって感じですが（笑）。だけど、イイ世の中ですよね。

毎度言うけれど、皆、この大衆の無知につけ込んで煽るだけだから、始末に悪いよねぇ。無知というか、無知の部分にね。だって、この間、「銀座の乞食がアル中になった」って書いてあったよ（笑）。こんなことないだろう？　どこの国行っても駅を降りりゃぁ、こういうのが来るもんね、「いくらか、くれ」っていうのがね。フランスだって、イギリスだってね。日本だけだよ、こんなのが来ないのは。ねぇ？　だから、昔はアル中から乞食になったんですよ。酒が高《こう》じて食えなくなって、乞食になっちゃう。ねっ？　今は乞食がアル中になっちゃう（笑）。肝臓が悪かったりする。そういう国。

続きでござんして……。あたしゃぁ、この噺はね、由井正雪《ゆいしょうせつ》が慶安の陰謀録を企むのに、いろんなところから仲間を連れて来るというのが、こう、長くなって、最後には僅かなところから破滅しちまうというところへ行くまで、平読みにして四十日から五十日ぐらいある訳です。え〜、その中のなるたけ面白そうなところを、四席ぐらいあたくしは出来る程度のものなんです。

『慶安太平記〜吉田の焼き討ち〜』へ続く

また政治やらせたいねぇ、おれに

一九七八年一月二十八日　イイノホール
にっかん飛切落語会　第二八夜『疝気の虫』のまくらより

え～、お運びで御礼を申し上げます。

心臓がドキドキして、非常に初心《うぶ》なものですからお客様の前に立つと落ち着かなくなる。どうも、新春《はる》はあんまりよくなくて、風邪ひいちゃってずっと調子が悪かったり、師匠（五代目柳家小さん）のかみさんが死んじゃったりなんかして、師匠喜んで、……いや（笑）、悲しんだりして……、いろんなことがある。

え～、（出番が）前のほうだから、一所懸命演らなくても、あとで（六代目三遊亭）圓生師匠が一所懸命演ると思うから、適当に気を抜いて演るから、その心算《つもり》で。

いい顔ぶれで、それで客が入る訳でね、これで入らなきゃしょうがないんだけど……。

「悋気は女の慎むところ、疝気は男の苦しむところ」

って……、疝気っても今の若い世代には、……あ～、分かんねぇだろうなぁ、分かるかなぁ（笑）。♪ へへェイ（爆笑）。松鶴家千とせもう落ちぶれちゃって早いね？ あれも（爆笑・拍手）。

あれは楽でね。あれで演ろうかと思って、説明は全部あれにしちゃうの。落語でほらぁ、時代的にずれてくると分かんないのを、説明するでしょう。『品川心中』なんぞを演る場合に、

「え〜、昔、江戸の北というと、……北っても、分かんねぇだろうなぁ（笑）。ここに、品川にお染という板頭《いたがしら》ってったって、分かんねぇだろうなぁ（笑）。紋日《もんび》前の金に、……紋日っていっても、分かんねぇだろうなぁ」（笑）

最後までこれで演ったら、楽でいいと思うんだけど（笑）。

もっとも全部説明しちゃいけないんでね。客に想像する部分をおいておかないと、客が怠惰になっていけねぇから、少し教育しなきゃいけない（笑）。

焼餅っていうのは、男の関係ないところで、女の専門だって、いうが、そうじゃないよね。男も焼くよ。それが証拠に、自分の……、あれぇ、『権助提灯』、昔、演らなかったか（笑）、ここで？ 演ったろ？ なぁ、面白くねぇだろう、もう一遍聴いたって、こんなの（笑）。違う噺演ろう、それじゃぁな（笑・拍手）。

ふと思い出した。マネージャーがずぼらだから、何でもねえねぇ（笑）、ウチのマネー

ジャーは『権助提灯』と『慶安太平記』しか、知らねぇからねぇ（笑）。それだけ書いちゃうだけなんだ（爆笑・拍手）。『慶安』の続きを演ってもいいけど、またにしようね。演って出来ねぇことはないだろうけど……。

そうだ、ふと思いついた。非常に記憶力がいいんだね。また、政治やらせたいねぇ（笑）、なんか、おれに。

だけど、本当だよなぁ、「円高だ。円高だ」なんて、大きなお世話だあんなもの。ねぇ、いいじゃねぇか、円が高くなるってのは。円が安いより、よっぽどいいじゃねぇか。ねぇ、要するにドルが安いってこったろう。アメリカが泣きついてきたんだろう。貿易収支をトントンぐらいにしてくれってもんだもん。それだけのもんなんだからねぇ。「黒字減らし」なんて、バカなこと言ってやがぁん。「借金減らし」っていうのはあるが、「黒字減らし」なんて、バカなことがあるもんか。だから、まぁ、程々にしてりゃぁ、イイやぁ。とうとう共産党も落ち目になっちゃって、あんなになっちゃってね（笑）。袴田（里見）と宮本（顕治）が喧嘩してやがぁん。

なんか違う噺を演る。『疝気の虫』かなんか、出てねぇか、あんまり（拍手）？　なんか、注文があるかい？　ありゃぁ、なんでも。

「（五代目古今亭志ん生の口調で）どうもぉ、昔はぁ」（笑）

なんて、こういう調子になる。

その四季の匂いっていうのがなくなってきたというけれども、そんなことはない。コンクリートでも、こう、聞いているとね、それなりの匂いっていうのはあるもんですけれども。段々、人間が分かんなくなっちゃうらしいので……。

え〜、秋になると虫が集《すだ》く。

「肩刺せ。裾刺せ」

と、鳴いてくれてね。

「冬が来ると寒いから、衣服を繕っておけ」

と、こういう虫に情があったんです。都都逸に、

「鳴くが情か　鳴かぬが情か　蝉と蛍の根競べ」

とかね。

「煩い世間がもう寝たころと　庭から知らせる虫の声」

そういう虫に情があったんです。今は、もう、虫もあんまりいなくなっちゃって、いるのはゴキブリとハエぐらいなもんでね。ゴキブリって面白くないね、あいつ、愛嬌がなくってね（笑）。図々しいかと思うと、こうやって、ずっと逃げたりなんかしてねぇ（笑）。炒めても食えそうもないしね（笑）。潰すと汚《きたね》ぇし、グチャッとなっちゃうしね。

本当にあれは嫌な虫ですけど……。

あのう、トンボだとか、……トンボ釣りなんぞ、随分興奮したもんですよね。チョウチョも綺麗だし、バッタなんかも捕まえて顔見ると、昔、あの、(青空)はるお・あきおって漫才がいて、かたっぺらみたいな顔して(笑)。あんな顔してやがる。クルっと丸くなっちゃう虫だとかね。ハサミムシだとか、ゲジゲジだとか、いろんな虫がいたもんですけど……。今、あんまり虫もいなくなって……。

虫も、あの、這う虫と飛ぶ虫と、飛ぶ虫のほうがイイって、言った人、……這う虫ってのは、気味が悪いやね。トカゲだとかね、メメズだとかね、ヘビなんてね、あれ、……ヘビもいろいろへビがいるわな、シマヘビとか、青大将だとかね、赤へビ、近頃、毒蝮(三太夫)なんてのがいるよ(笑)。あんまり面白くない、あれはね。ハブとか……。

え〜、ヘビが大きくなるっていうと、これはあの、ウワバミになるそうですわね。で、ウワバミが大きくなると、オロチになる。オロチが大きくなると大蛇と化す。大蛇が大きくなるとワニになっちゃってね(笑)。このへんが、こう、膨らんできてね、顎が、こう、顔が長くなったりなんかして。手が、こう、生えてきて、ワニになるんですね。ワニになるときの嬉しさってのは、二つ目が真打になるときより、もっと嬉しいって、言ってましたですね。このへんがくすぐったくなってくると、手が生えてきてね。こう、水面《みなも》に顔をこう映してね。

「俺も、ワニになれる……」

なんていうね。で、大蛇から三年でワニになれる。

「三つ違いのワニ（兄）さんと……」（爆笑）

なんて言ってね。フフッ、くだらないものを覚えて、演っているもので……。

『疝気の虫』へ続く

女房の焼くほど　亭主モテもせず

一九七八年三月二十三日　イイノホール
にっかん飛切落語会　第三〇夜『権助提灯』のまくらより

え〜、いっぱいのお運びで厚く御礼を申し上げます。

今、遊ぶところのほうが本当に多くて、昔は寄席と、それこそ歌舞伎ぐらいしかないんですから、寄席へ来る客も多かったらしいんですけど、今は、オープン戦が始まらぁ、相撲はあるわ、競輪だ、競馬だ、麻雀だ、パチンコだ、いろいろあるところを来てくれる。大変ありがたいことで、本当に感謝の気持ちでいっぱいで、もしご近所に火事でもあったときは（笑）、飛んで行って手助けをしようと、一日でも早く火事があればいいとそればかり……（爆笑）。フフッ、先代の（四代目鈴々舎）馬風みたいになっちゃった。

え〜、面白いあれですよね、組み合わせで……。東横落語会ってのを拵えて、死んじゃった湯浅（喜久治）っていう喧嘩友達がいたんですが、これがぁ五人に決めちゃいましてね。（五代目古今亭）志ん生と（八代目桂）文楽と（六代目三遊亭）圓生と（五代目柳家）小さんと（三代目桂）三木助だっていうんでね。あとは誰も入れないの……。で、倒れると若いのを起用してましたから、かえってそういうほうがよいのかも知れないですね。で、上が死んじゃうってのは嫌ですわねぇ、本当に。いると悪口言ってりゃ済むし、責任も逃れられるんだけど、本当に段々死んじまうんで……。こっちもそんなに若くないんだ、考えてみると、いい歳になっちゃった。若手じゃねぇんだもの。歌手なら引退しなけりゃならねぇこりゃ（笑）。

この間、『権助提灯』を演りかけて、演ってるうちに……、今だから言うけど、あの時ベロベロに酔っ払ってた、おれ……（笑）。何言ってんのか分かんないの、自分でね（爆笑）。だから、『疝気の虫』、滅茶苦茶だったでしょう？　仕込みもしねぇし、何だか、自分でも分からない。で、間違っているなってのは分かるんだけどね（笑）。元へ戻す能力がなくなっちゃうのね（笑）。

う～、飲んで演るもんじゃない。飲んで演って、しくじったことがいくらもあるんだから、もういい加減にやめりゃぁイイんだけどね（笑）。

正月はベロベロに酔っ払ってＴＢＳの録音録って、何言ってるのか分かんなくなっちゃった。サゲだけ憶えている。

「酔いが限度でございます」

それで、お終いになっちゃった（笑）。

で、演っているうちにね、どうもどっかで演ったような気がして、そういうあれなんだね、こう、演ってなかったんだって、あとで怒られちゃった。……どうってことない。志ん生師匠なんて、よくその根多を演らなかった。

「どんな噺を演るんですか？」

なんて、

「『猫の恩返し』ってのを演るから」（笑）

聞いたことがねぇ、『猫の恩返し』なんか（笑）。

「どういう噺なんですか？　師匠」

って、言ったら、

「猫が恩返しするんだよ」（笑）

始まったら、違った噺になっちゃった（爆笑）。

「違うじゃないですか、師匠」

「ぅ〜、警察でなんとも言わないよ」（爆笑）

なんて言った。そりゃそうだけど……、まぁ、あんまり、決めるのも善し悪しでね。気分によって（噺に）入れないときが、本当のことを言うと、多いんですね。しかし、決めないといけないっていうのかな、お客さんのほうも、「あれなら来よう」っていうのがあるらしんだがねぇ。だから、本当は、「いいのだけ聴こう」って了見がいけないいんでね（爆笑）。何度も、『勘定板』なんかにぶつからなきゃいけないんでね（笑）。『国訛り』とかそういうのにぶつかって、

「時々いいのに合うといいなぁ」

と思う、そういうもんなんだ（笑）。そりゃぁね、出て来て『らくだ』とか『芝浜』ばっかり演ってると商売になんなくなっちゃうから、こっちは。え〜、そんなものです。

昔の文句に、

「悋気は女の慎むところ、疝気は男の苦しむところ」

悋気ったって分かるが、疝気たって、今の若い人に、分かるかなぁ〜。分かんねぇだろうなぁ（笑）。♪　へへへェイ、あればっかりだ（笑）。あーあ、あいつはもう落ちぶれちゃったね（爆笑）。早いねぇ。おれなんて、沖縄でしくじったって未だ堂々とやってられる（爆笑・拍手）。

焼餅ってのは、あれは女の専門かと思ったらそうではないいんだよ。男もやるんだよ。それが証拠にねぇ、女なんぞ、亭主持ちまたは恋人でいるのがちょいと……、亭主持ちが一番いいや。もう、夫婦の間に緑青が吹くぐらいになっていてもねぇ、一晩空けてごらん。

女房が、亭主、煩いよ。

「どこ行った？　どこ行った？　どこ行った？　お前よぉ！　何、何だお前は！」

って大変だから。手前《てめぇ》に比べてねぇ、恥ずかしいくらい煩いよ。焼くんだよ。男の焼餅ってあれねぇ、手前《てめぇ》の女房《かかぁ》ばかりだけじゃなくて、誰でも焼餅を焼くんだ。本当は皆焼餅あるからね。え～とね、難しく言うと、客観を主観にかえるっていうのかね（笑）、友達が入学……、入っちゃって自分だけ落っこちちゃうと、

「何言ってんだ、バカ野郎。入ったんじゃねぇじゃないか、おまえ。親が裏から銭まわしたんだろ？　ええ！　それじゃなければ入れる訳がねぇじゃないか。現に俺が落っこってんのをどう説明すればいいんだよ（笑）。ええ？」

女も女でね、いいところに嫁に行かれちゃうと、

「あの女《ひと》行ったって、威張っているんでしょう？　バカみたい。男がバカなのよ。騙されているのを知らないのよ。ええ！　凄いのよ、あの女ぁ。あたし出来ない、出来ない、あんなこと出来ないわ（笑）。あんなことまでして、お嫁に行きたくないわ。あたし、嫌《や》ーよ（爆笑）。嫌ーよ、あんなことしたくないわ。男五人も替えてんのよ。三人も堕《お》ろしているのを、知ってるわよ、病院まで」（笑）

なんて言ってるけどね。（嫁に）行っちゃったことは確かなんだ、向こうはな。手前《てめぇ》だ

け残されたことも事実なんだよ（笑）。

だからね、傍焼《おかや》きってのがあってね、何でもかんでも……。若い男女が暗いところで話なんぞしてるとね、男は、

「甘ったれやがってこん畜生！　上手くやってやがれ、バカぁ（笑）。この野郎、水ぶっかけろ、水！」

水ぶっかけたりなんかしてね。あとで訊いたら、色でも恋でも何でもない、兄妹で引っ越しの相談してた（笑）。

そういうところに、ちょいとイイ女を連れて行くと、先ずロクなことを言われないね。

「えっ、彼女《あれ》、イイよ、イイけどね、ああいう女は高いんだなぁ。寝るとよくねぇんだな、ああいうのはな。よくねぇんだ、よくねぇんだ。ああ、ああ、顔だけだ、いいのはな。ああ、ああ、ああ、あんなもん。銭がかかるんだよ。もたないよ、別れちゃうよ、すぐ。あ、ああ、ああ、なぁ？　あんなもの。おれ嫌《や》だ、あんなのの な」

なんて言うもんでね。せいぜい良く言って、

「いいねぇ、あの女、おまえ、空いたらまわせよ」

って、この程度だからね（笑）。あんまり連れて行かないほうがいい。

でも、圓生師匠なんかも随分助平だから、頑張りゃぁ、こっちもあのぐらいのことは

……（爆笑）。

「（六代目三遊亭圓生の口調で）女はどうも……」（笑）

なんて言ってるけど、あれは助平だ（爆笑・拍手）。そんなもんです。

だけど、焼餅って奴ぁ、焼き方がいろいろあって、陰陽あって、陽気に焼くっていうのはまだまだ下町のおっかぁなんぞは、まだ、愛嬌があってね、いいもんで、

「どこ行ったの？　夕べぇ。どこ行ったの？　夕べぇ！」

「おらぁ、おまえ、付き合いでもって浅草へ行ったんだよ」

「浅草でどうしたのよ？　ええ！　帰って来なかったろ？　朝帰って来やがった。どこへ泊まったのよ？」

「浅草だよ」

「浅草のどこへ泊まったんだって、言ってんだよぉ！　観音様のお堂で寝やがったのか？」（笑）

「何言ってやがんだ、バカ。そらぁ、流れて吉原《なか》へ行ったんだよ」

「そんなこったろうと思ったよぉ。どんな女とやりやがったんだ、手前《てめえ》は!?」（爆笑・拍手）

「酔ってるから、知らねぇや、そんなのは！」

「嘘をつきやがれ！　人一倍助平なくせしやがってぇ、こん畜生（笑）、嫌だぁ、上がって来たら……。汚ねぇんだから」

なんて、横っ面の一つも張り倒してな。それで、もくずりこんじゃうって手もあるが……。

「女房の悋気へのこでへこませる」

って文句があるがねぇ（笑）。

あー、だけど、こうジワジワ焼かれると嫌だろうね。

「どちらへおいでになすったんですの？　いや昨夜のことですわ（笑）。いや、お答えになりたくなければ、ならなくてもよろしんですのよ（笑）。訊かれないのも面白くないと思いますんでね。どちらへ？」

「いやぁ、仕事で、付き合いで浅草へ……」

「そうですか、浅草のどちらへお泊まりになったんですの？　いえ、言いたくなかったらよろしいんですけど」（笑）

「吉原というところへ、流れたんだ」

「そうですか？　どんなところなんですの？　楽しいところですか？」

「ああ、くだらんこったよ、あんなところは」

「そうですか、そうでしょうねぇ。ええ、ええ、お疲れ、大変ですねぇ、お付き合いというものは、嫌なところへも行かなきゃならないし、で、どんな方が来たんですの？　女の方が来るんでしょう？」

「いや、酔ってたから、あたしゃ知らんよ」

「ああ、そうですか。お酔いになってたんですの？　ああん、そうですかねぇ。いいえ、別に何もお帰りにならなくたって、よかったんですのよ。楽しければ……。つまらないところへ、よくおいでになりますわねぇ、頻繁に(笑)。よろしいんですのよ。いいじゃないですか、お帰りにならなくたって、変に気兼ねなすって、行ってらっしゃいな、また。お行きあそばせな。はっ……、何やってんだかね？　陰で。分かったもんじゃないわ」

これ言われりゃぁ、

「あたしはねぇ、ちょっと行きます。今晩帰りませんよ」

ってこうなっちまうから。で、焼かなきゃいいのかってんでも、ないんだね。

「家の旦那《ひと》？　焼かないのよ、モテないのよ、知らないわよ、あんなもの。ほっといたって誰も拾っていかないでしょ、あんなもの(笑)。ワッハッハよ」

そんなこと言って、……と思うほど、モテなくもないいんだよ。これがまた難しいんだ。

「女房の焼くほど　亭主モテもせず」

っていうけどね、それほどモテなくもない。

「焼いてイケず　焼かずにイケず」

臨機（悋気）応変ってのはこれから始まったっていうが（笑）。だから、難しい。

昔は男が、功成り名を遂げると、妾を持ってもね？　一人前だと言ったもんだけど、今、うっかり妾なんて持つと、週刊誌かなんかに叩かれたりなんかしてね。

「人道にあるまじき行為」

みたいなことを言う（笑）。西洋の気障な文句に、

「深く愛するのに、なぜ数多く愛してはいけないのだ？」

って文句があるけどね（笑）。本当にその通りでね。

おれなんか、方々に子供を拵えたいねぇ。いいだろうね、世界各国に作ってさ。パリに降りると、「ボンジュール、パパァ」なんて言うのが一人（爆笑）。いいだろうねぇ。で、スペインに行くとね、なんていうのかね？　「コモエステ、パパ」とか何とかって言うの（笑）、そういうの、いいじゃない、そういうの方々へ拵えといて、世界を渡って歩くなんてね。考えてんだけども。ありゃぁ、難しい。

噺家で妾を持って……、昔の噺家のあいさつってのは、

「おう、かみさん、あのかみさん？　前の？」

これがあいさつだったらしいんだよね（笑）。今は妻が死ぬと号泣したりなんかするのが出て来るからね（爆笑・拍手）。あれ、全部演技だったりなんかしてね（……笑）。本来こういう話は笑いものにしちゃいけないんだよ（笑）。観客の態度もよくないよ（笑）。……まぁ、あの顔でかみさんがいただけでも、幸せだと思わなきゃ（爆笑）。……だから、あっ、おれの師匠だからね、あれはね（笑）。あれなんて言っちゃいけない。恩師だからね。

だから、本当の妾ってのはねぇ、アパートに女囲ったりなんかしてるんじゃダメなんだよ。ちゃんとねぇ、古臭いようだけど、黒板塀に見越しの松、ね？　それで、女中でも姉やでも一人置いてね。そこへ狆コロ、……狆じゃなきゃダメなの。犬は決まってたの。ちゃんともう設定が決まってんだから（笑）。チワワでもスピッツでもダメ、狆でなきゃダメなの。そういう風に妾憲法の第二条に出てる（爆笑）。

で、女房が知ってなきゃダメなのよ、ちゃんとね。盆暮れにあいさつに行かせるようじゃなければいけない。そういうもんなんだ。

「いやな、どうしても一人、いや、みんな知ってるんだ。お前だけ知らないのも変だと思って」

「はい、よろしいですわ。はい、変に隠されるよりもあたしスッキリしてますから、その娘《こ》に一度会わせてくださいな」

「あっ、会ってくれる？　ああ、そうかい」

なんてね。

「そういう訳で、ウチのだ。お前、あいさつを」

「あのう、奥様、こんなことになって、わたくし本当に申し訳ないと思って……」

「ああ、いいの、いいの、いいのよ、そんな。硬くならないで頂戴。あたしも手間が省けるし、楽が出来るし（笑）。ええ、お守り頼むわ。やんちゃよ、気をつけないと、振り回されちゃうわよ、ね？　しっかり頑張って」

なんてね。夢みたいな噺があるんだね（笑）、これね。

「おめぇはバカだ」

って、言われた。

「（妾を）持ってみろ。カカァを二人持ったようなもので、大変だよ」

って、言ってました。そりゃぁ、そうだろうね。持ってみなきゃぁねぇ、人のあれなんざぁ、評判だけ見てて分かる訳がないよね。そんなもんで……。

『権助提灯』へ続く

平等ってのは互いの差を認めること

一九七八年四月二十七日　イイノホール
にっかん飛切落語会　第三一夜『源平盛衰記』のまくらより

いっぱいのお運びで厚く御礼を申し上げます。

プログラムにも書いたように、あたくしが十八のときに作った落語で、二十七、八まで演ってましたかねぇ、時折。ほとんど忘れちゃって、思い出しながら演らなきゃならない。観客にそれは悟らせないだけの自信はあります（笑）。

ストライキやりやがってしょうがないねぇ、本当にまぁ。ストライキって、あれ禁じられているんだ、やっちゃいけねぇんだ、本当はね。それをやりやがった。で、あれ、電車へ何かなんか書いたりするの、あれが腹が立ってね。ありゃぁ、みんなのもんだからね、国鉄は。ねぇ？　それを平気で書きやがって、それも橘右近かなんかの字で書いてくれればいいんだけど（笑）、汚《き》ったねぇ、小便流したような字を書きやがって（笑）、ねぇ？

こっちも書こうか、向こうが表を書くなら、こっちは中へ乗客が揃ってね。

「左カーブ、右カーブ、真ん中通ってストライク」

って書いてやりゃぁいい（笑）。

みんな不景気だからって、値上げしないで頑張っているんでしょう？　大企業も中小企業も。国鉄《やろう》だけ上げやがんだ、ねぇ？　経済が混乱するのあたりめぇじゃないか。酷ぇもんだ。強請《ゆすり》だね、まったく、あいつらのやることは。

あたしの小学校の頃にね、二年ぐらい先輩の子がいて、国鉄に入って久しぶりに会うとね、眼を輝かせてね、国鉄のその、今の言葉でスラングって、いうんですか、符牒なぞを入れながら話してましたですよ。「この人の職業の場所っていいところなんだろうな」って、子供心にそう思った。それが、あんなことをしやがる。

落語家随分酷い奴がいてね、女を騙したり、博打をやったり、いるけどね。扇子をこう曲げたりね、帳面を破いたりね、根多帳を跨いだり、そういう奴はいないよ。落語家でも最低線を守ってんのに、あいつら平気であんなことしやがって、始末に悪いよ。

値上げが出来るっていうのはいいね、ストライキやるとね。落語家もやろうかね、一つね（笑）。落語家のストライキなんて見たことがないでしょう（爆笑）？　幕が開くと、「スト決行中」なんて（爆笑・拍手）。理由はいくらもあるわな、「日刊スポーツよ、もっと芸人の待遇を改善せよ」

とかね（笑）。

「もっと客のレベルを上げろ」

とかね（爆笑）。いろんな理由はあるわな。え～、そんなことを演っても、先ず殴られるのが関の山だからね（笑）。おれは方々で殴られているから、懲りているからさぁ（笑）。古傷が痛む、まだ痕があるよ。

テレビ局なんて行って、居直ってもダメだもんね。

「その程度のギャラでは、断固拒否する」

なんて言っても、向こうは驚かねぇ。

「要らねぇ、要らねぇ、おめぇなんぞ。圓鏡で間に合う」（爆笑・拍手）

それでお終いになっちゃう。しょうがねぇから一所懸命芸を磨くより手がない。こういう弱い稼業っていうかね、これが本来の姿なんだよ。「平等だ、平等だ」って、言いやがる。何を吐《ぬ》かしやがん、本当に。平等ってのは互いの差を認めることが平等なのよ、言っとくけど。そうでしょう？　差があらぁ、いろいろと。芸の差もありゃぁ、今回は平等にしてやってるんだ（……笑）。だから遅れてきて……、遅れてくるぐらいはあったりめぇなんだ（爆笑・拍手）。どうもわたしは大衆に溶け込めないという難点がある（笑）。え～、そういうもんですね。差があるのは、あったりめぇだよ。差がなきゃぁ、圓生師匠なんぞ、どうってことねぇ。芸が上手いから、しょうがねぇから……（笑）。

だから、差をね、「何でも平等にしろ」って奴は、一番下品な奴だと思っていいよ。例えば、あたしとアラン・ドロンとバーに飲みに行ったとするよな（笑）。女は皆向こうへ行くだろ？　ねっ？　そこへ行って、おれが、

「平等に」

なんて言ってもダメでしょう（笑）？　笑われるだけでしょう？　だから行かなきゃいいんだろうね。ああ、世界的に有名なのと、地域的に有名なのと訳が違う（爆笑）。

喧嘩っていえばね、大阪で、あたしゃぁやられたときにねぇ、……で、あのう、頭をパクっと割られちゃったの、ね。で、毒蝮（三太夫）が見舞いに来やがってね。嬉しそうに来やがった、あいつ（笑）。「はぁー、やられたねぇ？」なんて言ってね。

「貯金箱みてぇだ」

って、言いやがる（爆笑・拍手）。あいつ、女を連れていたからねぇ、

「じゃぁ、おめぇの連れの女を貯金箱にするから、ひっくり返してやろうか？」

って、言ったらね（……笑）、

「酷《ひで》ぇことを言いやがる」

って、言ってたけどねぇ。

そのときに感じたのはねぇ、あのねぇ、みんな見舞いに来るとねぇ、あのねぇ、訊くことは同《おんな》じね、病状を訊く訳よ。まぁ、あたしの場合は怪我の状態だけどね。

「どうしたの？」

って訊くとねぇ、こっちも、ほら、芸人だから、

「いやね、心斎橋を来たら、向こうから、こう来るんだな。で、こう……」

つまり十分ぐらいのドラマにして喋る訳だよな（笑）。で、来る奴みんな同じなんだよ。見舞いに来て、

「どうしたい？　今日、ジャイアンツ勝ったか？」

って奴、あんまりいないんだよ（笑）。したら、飽きちゃうな、こっちは。ありゃぁ、まぁ、七回ぐらい演ると飽きちゃうよ。三平さんじゃねぇから、平気で演ってる訳にはいかないしな（爆笑・拍手）。病気見舞いの客に対しても、これだけの配慮があるんだよ、我々は。そうするとね、終いには面倒くさくなってね、

「どうしたの？」

「うん、ちょいとやられてね」

って、これでお終いになっちゃうのな。「ちょいと、やられた」になっちゃう。

で、これと同じものをフッと思ったのがねぇ、ニュートンな。あのう、暫く会わねぇか

ら、どうしているのか分からねぇけど（爆笑）。ニュートンだって、オリビア・ニュートン・ジョンじゃないよ（笑）。あれはねぇ、引力を発見したっていうだろ？「なんで発見したんだ？」ったらねぇ、

「リンゴの実の落ちるのを見て」

なんてねぇ、あれは嘘だよ。あのねぇ、ニュートンは学者でね、大変な頭のいい人だからねぇ、ちゃんと、こう、計算するとね、……そのう、引力というのが存在するっていうのが発見出来たわけね。ちゃんと数字の上からね。科学の上からね。うん、で、これを発見した訳だ。で、友達がみんな来て、

「先生、今度引力を発見したそうですね？」

「いや、こうこうこういう訳でね」

って、あれも十分ぐらいのドラマで喋ってたのね（笑）。レベルはおれと同じぐらいだからね（笑）、あの、十回ぐらいで飽きちゃったの、あれ。で、のべつ同じことを訊かれるからねぇ、

「どうしたの？　先生」

「ああ、あれ、リンゴの落ちたのを見て発見してねぇ」

って、こう言ったんだよね。あれはジョークなんだ（笑）。そうなんだよ、面倒くさく

なったから、ああ言っただけなんだよ。だったら、リンゴじゃなくたって、サクランボだって、栗だって、いいんでしょう？　ウンコだって、構わねぇんだけどな（爆笑）。

「ウンコの落ちるのを……」

あんまりよくねぇよね（爆笑）。そういうもんなんだよ。

だからねぇ、歴史ってのはねぇ、そっから奥のものを取り出さないとね。昔の美談なんかみていると、随分いい加減のがあるよ。歴史ばかりじゃない、近頃の新聞を読んでいるところから、事実を取り出す訓練をしなきゃ、いかんよ。本当にそう思うよね。新聞記者のバカ野郎共はただもう……、記者クラブでもって記事を書いてやんの、行かねぇんだから。そうしたら、麻雀打って、競馬の新聞を読んで、何が書ける、あのバカ野郎共に本当に（笑）。

だからねぇ、そこから、事実を取り出して欲しい。

『源平盛衰記』へ続く

「都知事に出る」なんて言っちゃったら

一九七八年六月二十九日　イイノホール
にっかん飛切落語会　第三三夜『慶安太平記～善達箱根山～』のまくらより

【噺の前説】この年、三期務めた美濃部亮吉都知事が高齢を理由に勇退。鈴木俊一が革新系の太田薫を制して当選。


相変わらずのお運びで厚く御礼を申し上げます。

……だいぶ髭が生えちゃって、……いくらかこのへんだけ剃ったんですけど、剃り方が間抜けで変な髭になっちゃった（笑）。どうってこともないんですけど、顎髭をたくさん生やして毛じらみでも飼ってみようかと、今考えているんですけど……（笑）。うーん、あとは女除けでござんしてね。そう言わないと己の立場がなくなっちゃう（笑）。

酔っ払って、「都知事に出る」なんて言っちゃったらエライ目に遭っちゃって（爆笑・拍手）、もう今、ガンガン事務所の電話とウチの電話が鳴りっぱなしでね。週刊誌とか、テレビ局、ラジオ局ね、新聞社とかね、それも芸能関係ばっかりで、政治関係ないの、一つもね（笑）。如何にバカにされているのかって、よく分かる（笑）。

まぁ、誰だって今の美濃部都政がいいと思っていないだろうし、社共だって、しょうがねぇから、自分たちの同じ党の推薦だから、おいてあるだけで、いいと思わんでしょう？　そのぐらい酷いですもんねぇ。誰だって不満は持っているしね。その不満は割と正当な不満じゃないかと思っているんですよ、ねぇ。

それとなんか一つやるとねぇ、今ねぇ、すぐ反対……、まぁ、反対ってのは当然出ることでしょうがないんですけどね。その反対する一つを、正義にしないともたないんですね。

例えば石原慎太郎がネクタイをどうのこうのなんて言って、「廃止しろ」なんてことがありましたですよね？　こんなことしながら（笑）、ネクタイがねぇ（爆笑・拍手）。……顔面神経痛だからねぇ（笑）。

あいつの事務所なんて、いろんな奴がいるけどねぇ、石原の文学を理解して来ている奴は一人もいないよね。おれの事務所なんか、ロクな者はいないけど、全部落語が好きな奴が集まって来たから（笑）。その違いだよね。

それでねぇ、確かにネクタイなんか要らねぇって部分もあるしね、あんなのないほうがいいって場合もあるんですがね。それを言うと今度はネクタイ業者が反対する、それも分かりますわね。その反対したネクタイ業者を認めないと、「横暴である」とかね。それをスパッて切れるのはおれぐらいのものでしょう（笑）？　で、それ切って、クビになってても商売になるのはおれぐらいしかない（笑）。普通そういうことやって、クビになっちゃうと商売出来なくなっちゃって、己の稼業に立ち返っても、それがダメになっちゃいますよね？　そういうもんだ。おれなんか、沖縄でしくじってまだもってんだから、こうやってね（笑）。成功すると逆に軽蔑されたりなんかしてね。そういう世界にいる。だから、おれしか出来ねぇんじゃないかと思うんですけど、……職業的にはね。成る成らないは別としてもね、そのぐらいの気持ちはあるんですけど……。で、方々でそんなことを言ってんだけどね。すぐに新聞記者はマジにとるからね。

じゃあ、まったく嘘かっていうと、まんざら嘘と書かれても、おれも不愉快だ（爆笑）。向こうが総評の議長だったら、こっちは前参議院議員だから、肩書きに不足はない訳だ（爆笑）。

だけど、本当に煩いねぇ、この間も仙台に地震があって、喜んでやんの報道陣、みんなでもって。

「揺れましたですなぁ」

何て言って喜んでいるんだよ、ああいうの（笑）。揺れたよ、そりゃぁ地震だからね。

それで、仙台の婆が映りやがったよ。仙台にも、婆がいやがんのよ（笑）。で、映ったらねぇ、……櫻内《さくらうち》って大臣（建設大臣・国土庁長官）が見回りに来たんだね。

「なぬ、大臣《だいずん》が来たって仕方ねっちゃぁ」

って、言ってんだよ（笑）。

「何にもしねぇっちゃぁ、……うん。来ただけだっちゃぁ。なぁぬぅ」

そんなこと言ってやんの（笑）。バカ野郎、大臣が来て直る訳ねぇじゃん、そんなもの（笑）。大臣が来て直るなら、全部大工なんかやめて、大臣にしちゃえばいいじゃん（爆笑・拍手）。大工の大臣《おとど》なんとか言ってねぇ。そりゃぁ、失礼なもんですよ。大臣が行って、行かなくたって分かるんだけど、一応行ってね。一通り見て、どこそこが悪いのを把握して、各省の役人に伝達をして、復旧作業をやる訳でしょう。それをいきなり頭からそんなことを言いやがる。まぁ、いいやぁ。婆が言うんだから。ね？　それをアンタ、アナウンサーがさぁ、

「大臣、この意見をどう思いますか？」

なんて言ってやんの（……笑）。それをね、「ふざけんな」って、言うとクビになっちゃうんだから、ねぇ？　で、競馬場なんか映るとね、

「どうです？」

なんてマイクを向けると、

「バカ野郎！　こう不景気じゃしょうがねぇじゃないかよぅ！　ええ！　どうなってんだ、政府は？」

なんて、言ってやんの（笑）。で、アナウンサーがねぇ、

「庶民はこの不況の世の中に、ギャンブルという虚無的なものに身を委ねるしか手がないのか」

なんて言ってるんだよ。

「政府首脳陣は、この荒廃しきった庶民の気持ちをどう判断するのか、訊いてみたい」

なんて言ってやんの。ふざけやがって、何を吐《ぬ》かしやがる、ねぇ？　このバカ、競馬が好きだから行ってるだけで、物価が上がるも下がるも意見はない（爆笑）。甘ったれを全部正義にしやがって。失礼なもんだよ。こういうのを甘やかすからエライ目に遭うんだよね。なあ、うっちゃっておけばいいんだよ、そんなもの。

そうですよ、なんぞというと、そのね、競輪競馬なんぞをねぇ、やめさせて、規制するってのは自信がないから規制するし、お互いに信頼しないからする。日本人を信頼していれば規制しなくたって大丈夫、日本の国民っていうのはしっかりしているから。なんでもかんでも規制して、政府助けてくれっていう。政府しっかりしろということは、逆に政

府に頼まないと自分たちが出来ないっていう、国民不信という言い方も出来る訳ですよ、ねぇ？　ワァワァワァワァ言ってやがんの。倒産すると、「政治がよくない」とか、「不況の風の度に倒産をする」。倒産するっていうのは、自信がねぇから、やり方が下手だから倒産してるだけだから。ＶＡＮだってそうでしょう？　五百億の倒産なんていうのはあれ、なにも好きで政府が倒産させちゃったんじゃなく、……国民が倒産させちゃった訳だから。石津（謙介）の品物面白くねぇから買わねぇだけの話なんだ（笑）。そうでしょ？皆さんのセンスと皆さんの英知があれを選ばなかっただけのもん。もっと他にイイのがいろいろあるのを選んだだけなんだもん。それだけのものだ、グズグズ言ったってしょうがねぇ、選ばれるほうが幸せなんです。

そのぐらい潰れないのは、国鉄と住宅公団ぐらいなもんでね。そういうもんだよ、潰れることがあるってのはいい世の中なんですよねぇ。それを何でもかんでもねぇ、皆、こう、認めるのはいいだろうけどねぇ。よくないですわねぇ。

まぁ、相対的にガンガンいい世の中ですよ。ええ、毎度言うけど（蛇口を）捻った水を飲んで腹を下さない国もそうはないし、百人労働者を集めると全部暗算が出来る国も日本しかないし、銀座の乞食がアル中になったって記事を読んでもそうですよ、あなた。こんな国、ありゃしないですよ。昔はアル中から乞食になっちゃったもんなんですよ（笑）。

乞食がアル中になってトランジスターラジオ聴きながら、あんた、「広島、負けてる」なんて言ってんだもん（爆笑）。世界どこへ行ったって、貧乏人が来るでしょう？　プアな奴が、「銭くれ」なんて、ええ。パリ行ったって、ロンドン行ったって、ロス行ったって、そんなもの。東南アジア行ったら、推して知るべし、モスクワ行ったって、当たり前ですよ。日本、来ないですもん、「金くれ」なんて、日本中どこへ行ったって。……時々、圓鏡と（古今亭）志ん駒が「金くれ」って来るぐらいのもんだ（爆笑・拍手）。ないもん、そんなもん、ね？

要するに物価なんぞ上がったって、豊かな経済生活が送れればいいんでしょう？　ね？　食って、寝て、着られれば、いいんでしょう？　確保しているじゃないですか、何のかんの言って。皆こうやっていい着物着てるし、貧乏人は一人もいないじゃないですか？　見渡したって（笑）。……まぁ、大した金持ちも来てないけど（爆笑）。皆プチブルになっちゃったんですよ、中産階級になって結構ですよ。ねっ？

なんぞっていうと、その、「昔はよかった」なんて、よく言う爺や婆がいるけどね（笑）、「何がよかった？」

「昔は安かったよ」

って、言ってやんの。

「どう安いんだ?」

って、言ってやったら、

「一円で東京市内を……」

なんて……、そりゃぁ、円タクで走れたけど、一円玉なんか買えやしないや、手に入らねぇもん。車なんぞ、乗れるとは思わなかったですよ。車が通ると、我々、ガソリンの匂いを嗅ぎに出て来た。路地の奥から、

「イイ匂いすんなぁ〜」（爆笑・拍手）

それは談志だけの経験だとは言わせないよ（笑）。それほど、差があるとは思わないしね、おれ。ね?

どっちがいいって、言ったら、今のほうがいいに決まっているんですよ。ねぇ、車に乗れるんだもん。だから、車に乗れない奴もいなきゃぁ、鰻丼を食えない奴もいないんですよ。テレビ見られない奴もいなきゃぁねぇ、そのぐらい、今、よくなっちゃってるんですよ。まぁねぇ、昔と今を比べりゃぁ、大変なもんですよ。そんなもの、ガタガタ言う奴は、……イライラしている人は寄席でも来てりゃぁ、いいよ（笑）。大した噺もしないけどね（笑）、大した噺をされちゃぁ、客席《そっち》も嫌でしょう（笑）? 出て来る奴が、代わりばんこで、深刻な顔してねぇ（笑）、

「毛沢東の苦悩はねぇ……」（爆笑）

嫌だろう、そんなの？

「ヘレン・ケラーは三重苦の身体を……」

とかねぇ。

「乃木大将の正義感……」

いい加減にしろってやな（笑）。一所懸命やって偉くなるなら、誰だって一所懸命やるよ。一所懸命やって偉くならねぇから、ここで遊んでんだろ？　そっちは？　そうじゃないの（爆笑）。うん。

人生というのは失敗の連続なんです。そう言わないと、あたしの生活の説明がつかないですよ、まったく（爆笑・拍手）。まぁ、そんなもんでね。

『慶安太平記～善達箱根山～』へ続く

生きているうちに何とかねぇ

一九七八年九月二十八日　イイノホール
にっかん飛切落語会　第三六夜『粗忽長屋』のまくらより

【噺の前説】一九七八年、福岡市は深刻な水不足に陥り、「福岡大渇水」と呼ばれた。

え〜、お運びで厚く御礼を申し上げます。

雨も上がりましたですねぇ、……福岡のほうは水がなくて、今、困っているらしいですよ。あのう、ホテル行ったら、バーへ行ってね、オンザロック頼んだら、まぁ、水を持ってきますわねぇ。その水がコップでなくねぇ、まぁ、コップなんだけど、あの、ビニールのねぇ、重なるようなあの、ちょっと強く押すとへっこんじゃうようなね、

「何でこんなものを持ってくるの？」

って、言ったら、

「コップに水を入れると、それをまたあと、洗わなきゃならない。洗う水を節約しなきゃ

いけない」

　なんだから、

「そんなこと、(過去に)あったんですか?」

　って、言ったら、

「こんなこと初めてですよ」

　って。やっぱりどっか行政に欠陥があるんでしょうね、ああいうのはね(……笑)。なんぞというと、こういう話になっちまう(笑)。

　夏、ずっと遊んでいてね。ハワイに行ったり、……キャバレーじゃないほうのハワイね(笑)。

「ハワイよいとこ、一度はおいで」

　と、月の渚でウクレレ弾いたりなんかして、

「エンヤカヤカヤエッヘッハ」

　って、言ったりなんかして(笑)。そんなんで、よく分かんねぇところへ行った。で、向こうへ行って、大した用もねぇから、マリファナでも仕入れて川口ファミリーに分けてやろうかと(笑)、いろいろ考えたんだけども、もう捕まったあとだったからそうもいかないし。で、ずっと遊んでいて……。

東欧ってところへぶらぶら行ってきましたですけど、東ヨーロッパ。……よくないね。本当にあのう、ソビエトの家来でしょう？　八国ね？　喜んで子分になっているのもいりゃぁ、中にはしょうがなく草鞋《わらじ》を脱いでいるのもいるしねぇ、面白くないよ、うん。だから、少し行ったほうがいいよ、ああいうところへ。すると日本の良さが分かるから。あれ見ると結構、福田（赳夫）なんか一所懸命やってるほうだと思うよ（……笑）。まあ、おれたちは前に気がついたことだけど、あのボンの会議で、結構それらしいことを言っているもん。評価することはしてやってもいいよね。

「ふぅふぅふぅ」

なんて言ってやってるけどね（笑）。

だから、……なんにもないんだもん。だから、あのルーマニアのコマネチという、モントリオールの花と言われたあの娘《こ》が、日本へ来たときに土産にチューインガムを二万円買っていったっていう話がある。「むべなるかな」と思ったよ。なんにもねぇんだもん。チューインガムなんかやったら、喜んだよ。

「サンキュー、ベリー・マッチィ」

なんて、言って喜んで、……これ喜んだ言葉でしょう？　向こうの言葉で（笑）？　それで、チョコレートやったら一家であいさつに来たよ（笑）。で、ケーキをやったら、村中が来た（爆笑）。『落語家の夢』みたい。そのぐらい。

何しろ楽しみがねぇ、ないらしいや。チェコなんかの楽しみはねぇ、バレーボールなんかでチェコなんか颯爽としているけれど、向こうへ行くとねぇ、行列して零下十五度二十度のところに青いものがなくなっちゃったところへ、入るか入らないか、その品物を待って並んでいるんだってねぇ。可哀想だ、ねぇ？　でインドみたいに手前《てめぇ》で貧乏しているのは勝手だけどね。

そうじゃないんだ、やれば出来るんだ。機関銃なんか拵えるのは上手いんだから、あそこは。そうでしょう？　で、ピルゼンなんてビールもあるしね。それがみんな取られちゃうんだもん。よくないもん、あのソ連ってのはねぇ（笑）。うーん、あんまり好きじゃねぇんだ、おりゃぁ。おれは共産党と、天皇陛下が一番嫌いなんだ（笑・拍手）。変なんだよ。で、みんな持ってかれちゃって、モノがなくてね、そこへ並んでて、だから楽しみは、国境へ行ってね、西側のテレビを観て、月曜日ガッカリして帰って来るんだって。それだけが楽しみなんだ。生かさず殺さずだってね。だから、その分だけ癪に障るから、随分あの東欧ジョーク集なんか見ると痛烈なのがあるね。

面白くない分が全部出て来ちゃう。ソビエトのマッチ工場が焼けちゃったって話がある。丸焼けになって、中に残ったのはマッチだけだったたって話があるけどね（笑）。……

分かり難いだろうけど、レベルを下げるとね、おれの芸の崩壊にもつながるから、そうはいかない（爆笑）。

「ソビエトは、あなたにとって、兄弟か友達か？」

「兄弟です」

「どうして？」

「友達は選べるけど、兄弟は選べねぇだろう」（爆笑）

って、言った。

「太陽は東から出るのに、なぜあんなに歓喜の色をしているんだろう？」

「夜になりゃぁ、西へ沈める楽しみが待っているからだ」

だとか、癪だからそういう噺ばっかり拵えているんでしょうねぇ。うーん、ブレジネフのことを「大バカ野郎」とクレムリンの前で怒鳴った奴がいる。連れて行かれて、重たい罪を、罰を受けた、当然だ。第一に共産党第一書記を侮辱した罪で。第二に「大バカ野郎」と大事な国の秘密をバラした罪（爆笑・拍手）。

まぁ、西側が作るんだろうけどね。ブレジネフとカーターが口論の末、体力で勝負って、クレムリンの前でグルグル回って駆けっこしたら、カーターのほうが若いから勝っちゃったって、翌日のプラウダにこう出てたっていうんだ。

「同志ブレジネフは健闘の末、一着に食い込んだが（笑）、カーターはビリから二番目だった」（笑）

まぁ、報知新聞と比べりゃぁ、同じようなことなんだろうね（爆笑・拍手）。……ブレジネフが誘拐されちゃって、電話がかかって来たっていうんだね、「千五百万ドル、出せ」と、「出さないと、ブレジネフをそっちへ返すぞ」っていうんだね、凄いね（爆笑）。こういうのが好き。

で、最後に、もう一つ。精神病の病院へソビエトの親方が来て、

「こいつぁ、どこが悪いんだ」

って、言ったら、

「いやいや、悪いというより、亡命したんですよ」

「何だ、亡命？　なら、政治犯じゃないか？　だったら、精神病じゃなくて刑務所へ連れて行くべきじゃないのか？」

「う〜ん、ところがこいつ、ソビエトへ亡命を図ったんでね」

って、言うんだけどね（……爆笑）。こういうのはみんな、出ているだろうけども、これが行ってみると本当に分かる。そりゃぁねぇ、殴られてみなきゃ殴られる痛さは分かんないけど、「痛いだろ」ってのとね、行ってみりゃぁねぇ、まぁ、何のかんの、う

～ん、日本はいいよ。こんな勝手なことを言ってられるんだから。ねぇ？　結構なもので。まぁ、イライラしたら落語でも聴きに来てりゃぁいいやぁ。本当、それが一番いい（笑）。うん。

だからねぇ、地震なんかあっても落語を聴いている人だけ助かるんだってねぇ、これね。おそらくこれ、全部ビルが建て終わった頃に地震が来るでしょう。で、まぁ、東京の九〇パーセントが死んじゃうだろうね。で、生き残るのは落語の分かる人だけだって。そりゃぁ、みんなが「逃げろ」ってときに、逃げないから。捻くれているから、皆、違うほうへ逃げたりなんかして（笑）。それから、諦めがいいから逃げるのをやめて助かったりなんかする。下手すると一番先に死んじゃうかも知れない（笑）。まぁ、そのぐらいで……。

本当にまぁ世の中ってのは、いろんなのがいて、あたしの周りも随分いろんなのがいてね、もう、ありとあらゆる雑多な稼業がこう、たむろしててねぇ。何だか、分かんないよ。ああ。

話が変わるが、今度、二つ目にいくらか金くれるって、真打にはくれないのかね？　プログラムに書いてあるけれど、……いくらくれるのかねぇ？　「それによって励む」って、言ってたよ、楽屋じゃ、皆（笑）。あいつら、金のためでしか動かない奴らだから。

あたしの周りにねぇ、

「何であんなもんと付き合ってるの？」

ってよく言うんだけど。付き合ってたくねぇけど、いるものはしょうがねぇって奴ね。そういうのいっぱいいる。だけど、皆、落語が好きだ。あたしの周りのは。おれのことなんぞ、何とも思っていないけど、皆、バカにしてるけどね。落語のことはあんまりバカにしてないらしいんだ。だから、言ったのよ。石原のところへ行ってね。

「慎太郎さんの周りには、いっぱいいろいろいるけど、あなたを尊敬しているのはいるけど、あなたの文学が分かっている訳じゃねぇだろ？」

もっとも、文学が分かればいなくなっちゃうかも知れないけどね（笑）。これ聴いて怒りゃぁがんだろうなぁ、これ（笑）。ラジオで今、中継しているから、是非聴かせてやりたいと思うんだけど。

そういうもんで、何だか分かんなくて、生きているうちに何とかかねぇ。うん。

『粗忽長屋』へ続く

暗いニュースが話題になっているうちがいい

一九七八年十二月二十一日　イイノホール
にっかん飛切落語会　第三九夜『富久』のまくらより

え〜、いっぱいのお運びで厚く御礼を申し上げます。う〜、すっかり押し詰まりまして忙しいときでございます。切り抜けてお運びをいただけたことに関して、楽屋一同感謝感激、雨、小便という……（笑）。

う〜ん、だいぶ声を痛めまして、え〜、医者へ行ったら、……医者たって外科へ行ったんだけど、

「過労でしょう」

なんて、言ってました。喉の使い過ぎなんでございます。楽屋へそう言ったら、

「淋菌が喉へ入ったんだろう」

って、言ってましたけど（笑）、ロクなことを言いやしねぇ、本当に。そんなことをしたことがないんだけど、う〜ん、したいんだけど、何だか分からない（笑）。え〜、聴き

辛いと思うんですけど、喋っているほうはもっと辛いんでね。う〜、休んじゃおうと思ったんだけど、金くれるって、言うから出て来ちゃった（笑）。どうも、金に弱い。ねぇ、（四代目三遊亭）金馬（現・三遊亭金翁）みたいな声でしょう？　うん（笑）。あれを連想するだけで、不愉快だろう？　そっちは（爆笑）？　訊いたらねぇ、談志が癪に障るってんで、金馬がね、藁人形に釘を打ったらしいんだよね（笑）。

「俺の声は談志に行けぇ！　談志に行けぇ！」（笑）

って、言ってね。呪われた声という訳。

え〜、あっという間の一年でございます。もう、一年って早く過ぎちゃったほうがいいんですってね、健康でね。もたもたしている奴はどうも身体に、なんか妨げがある状態らしいですよ。だから、……早いほうがイイ。いろんなことがあって一年間、決まってね「十大ニュース」なんていうのやってね。言うことは決まってやんの。

「今年も暗いニュースばかりだった」

なんて、何言ってやんのぉ、もう。明るいニュースなんて、ニュースにならねぇじゃねぇか。大体明るいことがニュースになるようなら、日本はもう滅茶苦茶よ。「親孝行の倅《せがれ》がいた」ってぇのがニュースになってごらん、もう、しょうがないよ（爆笑）。そうでしょう？

大体ねぇ、無事故なんというのがニュースになるというのは、よくない傾向なんです。ねっ？　事故があまりにもあるっていうことでしょう？　それより、え〜、十大ニュースのトップに、「親子三人轢き殺される」っていうのがあったほうが、かえっていいんだよ（笑）。それは珍しいんだから、それはな。今、珍しくないから、トップにならないでしょう？　そんなもの。ニュースにもならないでしょう？　よっぽど怖いんですよ、そういうほうが。だから暗いニュースが話題になっているうちがいいんです。明るいのが話題にならないっていうのは、いいことなんですよ。寄席だってそうでしょう

「イイノホールから、にっかん飛切寄席には、本当にお客様がよく来てくれて、明るい笑いがその会ごとに響いた」

なんて、話題にならないでしょう、そんなの（笑）。話題になるのは、

「談志、またも客とケンカ」（爆笑・拍手）

なんて。これだって、みんな、やってれば話題にならないからね（笑）。そうでしょう？

「（三代目古今亭）志ん朝、客席に下りて乱闘」

とかね（爆笑）。あいつもそういうことをやってくれればいいのに、やらねぇからどうしようもない（笑）。あれ、「腕力が強い」って威張《えば》っているから、そのぐらいのことやらぁいいんだけどね。う〜ん、そういうもんだよ。

そりゃぁねぇ、結構な世の中でござんすよ。江川（卓）がどうのこうのって、言ってるけれども、どうでもいいやぁ、あんなもの、別に（笑）。あんなに人気のある奴が不思議だねぇ、……一回も投げてないのによく人気があるねぇ（笑）？　……分かんねぇんだ。大学でどう投げたか知らねぇけれど、……大学なんぞでよく投げたって、どうしようもねぇのもいるしさ。高校でなんでも分かんないで、掛布（雅之）みたいになるのもいりゃぁね。いきなり入って来て、桑田（武）みたいに昔打った奴もいたしね。いろんなのがいるんだ、分かんないよ、そんなの。江川なんぞ、分かんないよ。そんなものですよ（笑）。

声の悪いところは、なんかそっちのほうで勝手に理屈をつけて、優越感に浸って、まぁ、過ごしてくれれば結構でございます。……どうも、エンジンがかからなくてね、ここのところね（笑）。内臓が悪いんだろうね、きっとね。なんか理由がある。糖尿病かね？　何だか分かんないけど。何だから分かんない。あんまり追及すると嫌だから、追及しないことにしてるんです。

『富久』へ続く

日本の国技っていうのは、あたしはサッカーだと思ってた

一九七九年三月二十九日　イイノホール
にっかん飛切落語会　第四二夜『相撲風景』のまくらより

イイノホールもすっかり、「落語の会場」という印象が出来上がったようでございますが、喋るほうは、左右が広過ぎて、そんなに喋りいい会場ではなくてね、これはね（笑）。上下《かみしも》を切るのに首を大きく振って、喋ってなきゃいけねぇ（笑）。

今ぁ、地方統一選挙をやっているんで、応援に行って喋るから、声がガラガラになっちゃった（笑）。寄席よりギャラがいいもんで、特に向こうのほうに行っちゃったりなんかしてね（笑）。

え～、『相撲風景』という、古典落語を一席申し上げます（笑）。

日本の国技っていうのは、あたしはサッカーだと思ってたら、そうじゃねぇんだ（爆笑）。相撲でやんの、呆れ返《けえ》っちゃった、おれ（笑）。サッカーかプロ野球かと思っていたんですよね（笑）。ああ、野球だと思っていたんですよ。調べたら、相撲だって、……

なるほど言われてみると、「国技館」っていいますわね、あそこのことを。「冗談じゃねぇ」って、言ってね。で、あれ、「相撲法人」っていって、税金安いんだって、国技だから……。バカなことあるもんか。だとしたらねぇ、日本国中、相撲という体技を中心として心身の鍛錬を図りだな、うーん、その指導者として彼らが存在するという（笑）、こういうことでしょう？　で、そのデモンストレーションとして、国技館で年何回（相撲を）取ると、その国技館と言ってもいいわなぁ。

だけど、相撲《やろう》たちが会社へ教えに来ただとか、小学校に指導に来たなんて話、聞いたことはねぇ（笑）。祝儀は貰いに来るだろうけど（笑）、そんなこと聞いたことがねぇやぁ。

あれ、国技だからNHK中継しているんだろう、あんなの？　民放なんかしねぇってのは、視聴率が上がらなくて、つまらないからしてるだけのもの（笑）。あんなのおっぱねちゃって、寄席中継にしちゃったほうがよっぽどイイと思うんだけど（爆笑・拍手）。寄席は国立だぜ、近頃あんた（爆笑）。バカなことをしたもんだねぇ、あんなもんで演ってんで、芸の上手い奴は一人もいないね、あれはなぁ（笑）。噺家を国で守ったってしょうがねぇじゃないか。圓鏡と三平を国で守ってどうしようってんだい（爆笑・拍手）？本当にいいのが出てればねぇ、商人《あきんど》は黙ってませんからね。あの圓楽の言う通りなんだよ、うん、黙ってねぇからねぇ、商売に来ますよ。ね、それでやれば儲かるようにちゃんと仕向けて来る。そういうのに、見放されたっていうのは、芸がねぇからだけのもんなんだよ。劇場が無くなったら、あれだぁ、どこでも演りゃぁいいじゃないか。三遊協会（現・五代目円楽一門会）なんて一所懸命演ってんだろう？　かえって喋るところが多くあるって、威張ってたよ、前に（笑）。空威張りかも知れねぇけれど（爆笑・拍手）。ねぇ？　楽松（現・三遊亭鳳楽）だって、楽太郎（現・六代目三遊亭円楽）だって、みんな友楽《ゆうらく》（現・六代目三遊亭圓橘《えんきつ》）だって育って来るんだよ。何とかなる。喋るところがなきゃぁ、寺の境内でもいいし、本堂だって、湯屋の流し場だってイイじゃねぇ（笑）。表で演ったってイイじゃねぇ(笑)。こっちは街頭で演るの慣れてるから、驚きゃしない（爆笑）。……噺が変なほうへ行っちゃったけどね。

だけど、国技っていうのはちょっと納得がいかねぇよな。だからねぇ、ＮＨＫが、そんなようなことを質問したこともあるんだけどもね。ＮＨＫにね。だから、増位山（太志郎）を入れなかったっていうのは、ある程度の賢明なんですよ、紅白歌合戦にね。三平のカカァが拵えた歌、歌ったって、つまんねぇ歌、歌ったもんだ（笑）。そうしたらねぇ、「お前だって、参議院議員のくせに、寄席へ出てた」

って、言うから、「それは違う」って、言ったのよ。落語家があっちへ行っただけのもんなんだからね（笑）。だから、

「おめぇらも、参議院議員でもなんでもなりゃぁいいじゃねぇか」

って、記者に言ったんだけどねぇ。だから、週刊誌で、「カワイ子ちゃんとはっけよい」なんてやってる場合じゃないんだ、あんなもの。それだとか、対談して、……え～、それから少し、自覚を促さなきゃいけねぇ。

しかし、好きな人に言わせると、

「櫓太鼓の音《ね》を聞いているだけで、心持ちがいい」

と言いますわなぁ。隅田の川面《かわも》に響いて、今はどこに響くのか分からねぇけど、ハイウエイかなんかに響くんだろうかな（笑）？

『相撲風景』へ続く

ドンドン使え、構わねぇから

一九七九年八月三十日　イイノホール
にっかん飛切落語会　第四七夜『芝居の喧嘩』のまくらより

言葉のついでに言っとくが〝省エネ法〟は気にすることはないよ、あんなの。ふざけやがって、いくらあんなに……、国が貧乏したからって、国民まで貧乏を押しつける奴があるもんか、「手前《てめぇ》ら働け」って、言いたくなる、本当に（笑）。品物なんぞいくらもあるんだ、石油《あぶら》なんぞ、大丈夫だ、心配なんぞないよ。おれん家《ち》にあるから大丈夫だ、あんなもの（笑）。

ありゃぁ、失礼だよなぁ？「やり方が拙いから我慢してくれ」って、言うんだよ。冗談言うな、ドンドン使え、構わねぇから、本当に（笑）。なくなったら、諦めようじゃないか（爆笑）。ねえ？「限りがある」ってあたりめぇじゃねぇか。地球は一つなんだ、大《おお》字《あざ》地球、字《あざ》地球もねぇんだから（爆笑）、そんなもの。それを堺屋太一の大馬鹿野郎が、まったくまぁ、「危機が来る。危機が来る」って。じゃぁ、危機が来るなら、手前《てめぇ》車に乗らないの、やれ、ガソリン使わないの、やれ、石油製品は使わないっていうのじゃないんだから。「危ねぇ、危ねぇ」って、言っているだけなんだから（笑）。始末が悪いよ、ねぇ？　スチュワーデスのほうがよっぽど偉いよ、

「揺れても心配ありません」

って、言う訳でしょう（笑）。

「気流の関係ですから、しばしお過ごし……」

って、そうじゃねぇんだ。

「揺れてるぞ！　危ねぇぞ！　知らねぇぞ！」

って、言ってるだけなんだから（爆笑・拍手）。本当に腹が立つ。

『芝居の喧嘩』へ続く

義に強い者に限って金がない

一九七九年十月二十四日　イイノホール
にっかん飛切落語会　第四九夜『五貫裁き』のまくらより

え〜、天候が定まらなくて、だいぶいつもよりは空席が目立つ……、決して真打の責任ではないと思っているんでございますけどね（笑）。

だけどね、いろいろ娯楽があるがね、あんまり焦って行っちゃあいけないらしいね。そんなのは、本当の娯楽じゃない。カラヤンが来るからって、こんなになって出かけてみたりね。鳳蘭《おおとりらん》の最後を見極めるために徹夜で並んだりね。巨人戦の切符が入らねぇからって、政治屋へ頼んで買ってもらったりね（笑）。そんなギスギスして行くもんじゃない、娯楽ってのはね。にっかん飛切寄席みたいにね、何にも得るところがねぇところで、ボォーっと一晩、こういるっつうのね（爆笑）、これが真の娯楽なんだよ。そう思わねぇと聴いてられねぇだろ、こんなところに（笑）。

円が安くなって、また、狼狽《うろた》えてやんの。円高で散々、「困る。困る」って、言ったくせにな。何言ってやがん。イイじゃねぇか、円が高《たけ》ぇほうが、……そうでしょう？　外国行って女買ったって安く買えていいじゃん。それだけのもんだよ。そうなんだよ。「女」というのが嫌だったら、「お土産品を」っと、面白くないねぇ、これじゃぁねぇ（笑）。趣味に合わねぇだろ、そっちも聴いてね（笑）。そういうもんなんだよ。今になって騒いでやがる、ねぇ？

選挙は賄賂がどうのこうのって、何を言ってやんの。この際言っとくが、賄賂なんてやつはねぇ、あれねぇ、やめさせようと思ったら、貰わなけりゃイイんだよ、本当に。そうでしょ？　貰う奴が一人もいなかったら、それでお終いなんだ、解決なんだ。貰うから悪い。貰うほうも悪いんだよね。やるほうだって、ただ、やってる訳じゃねぇもん。

「こいつ貰いそうな顔してるな」

とか、

「貰いたそうだな」（笑）

と思うから、やるといくらかくれると思うからやるんでしょう？　そういうもんだよ、人間ってのはね。まぁ、欲しいけどね、ハッキリ言うとね（笑）。

でもねぇ、結構イイ世の中だから、あんまり高いこと望まねぇほうがいいよ。おれも、いろんなことをやってみたけど、そんな面白いもんじゃないよ（笑・拍手）。いや、そういう風にとらないでくれよな（爆笑）。あれはまた違うんだからな。まぁ、まだ未練があるんだからやめとこう（爆笑）。そのうちに国相手に演るからな。国相手に落語演るから、その心算《つもり》でいてくれよな。……国相手の独演会っていうのを演るからな。落語家があれでしょう？　落語家が政治やったから、皆グズグズ言って、

「落語だけやってりゃイイ」

とか、そんなことを言うんだろう？　一緒にすればいいんだろ、今度な（……笑）？　そうすりゃぁ、納得するんだろ、落語ファンは（拍手）？　国相手に落語演るとすれば、一票入れるだろ？　どうする（笑）？　そうでなければ、落語ファンって、言えなくなっちゃうよ、あんた。弱点を握ってやるかも知れないからね。何するか分かんないからね。飽きちゃうんだ、おれは。まぁ、ともかくとしてね。

賄賂だなんだってそんなことはあんまり言わないでね。したほうがイイよ。

え〜、十八番って、言うから何だと思ったら、『五貫裁き』だって、言いやがんのね。演ったことねぇんだけどね（爆笑）。演ったことなくたって器用だから、なんとかまとめちゃうよ、それは大丈夫（爆笑・拍手）。出だしがなんと言ったのか、分かんなくなっちゃった（爆笑・拍手）。いや、ちゃんと先代の（五代目一龍斎）貞丈先生に教わったの。で、ずっとほっぽらかしておいたんだけどねぇ、演ってないだけの話でね（笑）、

うーん、付け焼き刃は剝げやすいと、……これじゃぁ、ダメだな（笑）。「さんぼう」からは入りようがねぇし、う〜ん、与太郎でもないしね、こりゃぁ、難しいんだ、入り方がね。うーん、

「古池や蛙飛び込む」

これもダメだなぁ、これもなぁ（笑）。え〜、

「義に強い者に限って金がない」

という文句がある。この辺になると繫がってきましてねぇ。

『五貫裁き』へ続く

おれ、何しに来たんだろう？

一九八〇年九月十二日　イイノホール
にっかん飛切落語会　第六〇夜『五人廻し』のまくらより

代わる代わる現れて一席、……う～ん、皆、あの賞金（奨励賞）がかかっているから、噺が長くなっちゃってどうも（笑）。え～、結構なことでね。今の柳家小里んの『笠碁』を聴いていると、師匠（五代目柳家小さん）をちゃんと継承している。う～ん、小さんもいつ死んでも大丈夫なような……（笑）。昔流に言うと、「あれで、いい」って、ことでしょうね。そのまんま己を入れて、伝えている。ああいう演り方も大事なんでね。ああいう演り方がいなくて、圓鏡だけになっちゃうとどうしようもなくなっちゃう（爆笑）。糸の切れた奴凧みたいになっちゃうから、ああいう演り方を、あいつに感謝しなきゃいけないんだけど、……え～、他人のことは言えない、あたしも、ああいう時期があったんですけど。……『笠碁』は出来るんだけど。演ってみようか、今、ここで。面白いよ（爆笑・拍手）。う～ん、ダメでね。訳の分かんない『笠碁』になっちゃう（笑）。演りながらいろんなことを考えちゃう。

完全に精神分裂症なんです（爆笑）。一つの目的を持ってここへ出て来る訳なんですね。目的を考えているうちに、フッとなんか浮かぶと、そっちのほうがなんかもう大きくなっちゃう（笑）。具体的に言うと楽屋から、『五人廻し』で何のまくらを振ろうかなと出て来ると、楽屋で今、小里んの噺を聴いていると、「なかなかイイなぁ」なんて思うと、小里んの噺がなんかあれになっちゃう。で、小里んの噺をしているうちに、今度《こんだ》ぁ、何か分かんない、また、こっちが大きくなっちゃう。段々やっているうちに、最初の目的が分かんなくなっちゃってね（笑）。

「おー、おれ、何しに来たんだろう?」

なんという（笑）。……まぁ、多かれ少なかれ、みんなそういうのが現代の人にあるんじゃないかと、思って。だから、これぇ、言い表すのはしょうがないからね、帰ってね、こんな大きな机持ってんだ、大きなねぇ。部屋より大きいような机持ってて（笑）、全部鞄の中のものをあけてあって、山のようになってんのね。日記書いてるかと思うと手紙を書いたりね。原稿書いたり、眼鏡拭いたり、爪切ったりね（笑）。そこにある水割り飲んだりね。そうやって三時間でも四時間でも、こう、いる訳ね。傍《はた》で見てたら、キ×ガイみたいなのね（笑）。これはもう、精神分裂症の典型的な状態で……。

だから、噺がいろんなほうへ飛躍して行っちゃうけれど、これは病気なんだからしょうがない（爆笑・拍手）。時々、話題が散っているだけはイイんだけど、時々、いろんなことがフッと浮かんでね。ガソリンを客席に撒きたくなったりなんかして（爆笑・拍手）。だから、弟子がちゃんと見張って（笑）、そういうことのないようにしてあるから、今日のところは大丈夫だけど……（笑）。一つ、芸術協会のほうへ出たときにやってやろうかと思ってな（笑）。

『五人廻し』……、皆、演るから何か変わったモノを演ってみようかと思うけれども、そうぶっ壊す訳にもいかないし、え〜、目××の（四代目柳家）小せんに教わったのを、そのまんま演ることに……。

『五人廻し』へ続く

正義なんていうのは、快適なところにあるもんじゃねぇ

一九八一年二月十八日　イイノホール
にっかん飛切落語会　第六五夜『二人旅』のまくらより

え〜、いっぱいのお運びで、感謝感激、雨、小便ってなもんで（笑）。

え〜、風邪ぇ拗《こじ》らせて，聞き辛いと思うんですけど、おー、弱いところへ風邪って奴は来て、喉おかしくなっちゃう。

え〜、あー、あー、あー、ああん（笑）。（三味線の）調子を二、三本負けておくれよ（笑）。朝の御御御付けが辛過ぎまして、喉へ来ますよ、ううん。ああ、（立川）左談次が演り難くなっちゃうといけねぇから、もういい（笑）。

え〜、あー、あー、そんなような訳で、熱はあるし、歯ぁ痛えし（笑）、淋病は治らねぇし（爆笑）、しょうがないね。まぁ、……まあ、いいや。え〜、死ぬほどじゃないからね。

（客席を見て）あの、空いてる席《とこ》、詰めちゃえよ、そんなのよ。ドンドン座っちゃえよ、

構やぁしないよ（笑）。来ねぇほうが、悪いよ。銭出しゃぁイイってもんじゃ、ないだろうよ（拍手）。いいよ、いいよ、いいよぅ。ねぇ、ここへ、そうすると、手前《てめぇ》が一人で借り切っちゃったら、誰もいなくてイイのかってことになっちゃう（……爆笑・拍手）。いいよ、大丈夫だよ。責任はとらねぇけど、大丈夫だ（爆笑）。そんなもんだよ。空いてる、空いてる、その辺《へん》。空いてる、空いてる、空いてるよ。いいよ、入ったほうがいいよ。いい、いい、いい。え〜、本当にありがたいことでございます。

大体ね、正義面《づら》しているのは偽物だと思ってイイよ。うん、そんなもんだよ。正義なんていうのは、快適なところにあるもんじゃねぇもん、おれに言わせりゃぁ。正義ってのはみみっちくてね。非常に、この汚い、哀れなものよ。うん、そうなの。

ああいう、ちょうどその庶民の建前論の上にのったぁ、ちょっぴりこの反骨精神があるように感じてね、ちょうどあのぐらいがイイんだろうねぇ。それだけのもんでね。我々は本音で生きているから、「こん畜生」と思うと、……見方が違うわなぁ。だから、何だか分からないけれども、そういう目で見るから、どうにもあてにならない。

千葉県のほうじゃ、知事が……、なんであれ、辞めるの？「辞めんな」って、言うんだけどなぁ、ああいうこととして別に。五千万貰ってたってイイじゃないか、別に何も。「いけねぇ」って規則はねぇんだから、五千万貰っちゃぁ。政治資金として受け取ったんでしょう？　いいじゃねぇか。

今は、年間百五十万円で、当時は許されていたんだからね。規制がなかったんだから。だから、イイんですよ。

「念書書いたのがいけねぇ」って、言うんだろ？　「便宜を図ります」っての。図んなかったんだから、イイじゃない（笑・拍手）。ねぇ？　そうなんですよ。だから、言われたほうにとっちゃぁ、「裏切られた」ってことになるんでしょうねぇ。「卑劣な奴だ」って、言うでしょう。そうですよ。それだけのものでね。知事としては立派だったんだから、ね？　やらなかったんだ。やりゃぁ、よくない。図らなかったんだから、イイんですよ。

そんなことを、知事が念書を書くのが、もう、「言語道断だ」って、言うけどね。そのぐらいのことやらなきゃぁ、金出さないだろ？

「何にもしませんけど、出しますか？」

って、出す訳ない（爆笑）。ねぇ？

「やってやるから、持ってこいよ、銭を」

って、言って、騙したんだから、それでいいんですよ、別に（笑）。騙された奴は、可哀想な奴じゃねぇんだから。ロクなことしてねぇだろう、あの野郎だってどっちみち（笑）。狐と狸なんだから、うっちゃっておきゃイイんです。

辞めちゃうとね、ああいうことで、例を作るとね、よくないね。皆、ワァワァ、大衆が騒ぐと、直ぐそれに対して、辞めたりなんかするね。ハマコー（浜田幸一）が悪いんだろ、先鞭つけちゃうから、あんなことして、辞めちゃうから（笑）。千葉《あそこ》はロクなのがいないね、××××とかね（笑）。

あのバカ、一回ね、あのねぇ、おれのバーへ来やがって、……「おれのバー」って、それで、パァパァ言いやがってねぇ。石原（慎太郎）と来たんだよ。それでね、

「石原さんは立派だが、談志はダメです」

って、言いやがんのよ（笑）。一番平均的な意見を言いやがって、この野郎（爆笑）。

「他で、言えよ、他で。おれのいないところで、ふざけやがって。殺されちゃうぞ、手《て》前《めぇ》。おれのところの舎弟《これ》がいっぱいいいるんだから、おまえ」（笑）

翌日ね、連れて来た奴に怒ってねぇ、

「あんなもん連れてくるんじゃないよ、チンピラを」

したら、翌日謝りに来た。浅草演芸場へね。そこで訊いたら、××製薬の倅だって、言うからね、

「あんな効かねぇ薬なんか買うんじゃねぇぞ」

って、言ってね（爆笑・拍手）。

「いいか、あんなバカがやってるロクなモノはねぇんだから、死なないだけめっけものみたいな薬なんて、飲むんじゃねぇ」って、散々《さんざ》っぱら言ったら、客席《まえ》で聴いてたらしいの、そのバカがな。「あれは酷いね」って、言ってたけどねぇ（笑）。酷いも何もあるか、こん畜生。

「誰だと思ってんだ？　おれのことを？」

今度、脅かして、そうしたら、あれが衆議院議員になっちゃうとは思わなかったんだからねぇ、おれはねぇ（笑）。先生になっちまうの。まぁ、違反をやってなったんだろ？　それだけのもんだ（笑）。

辞めちゃいけないんだ。おれも辞めちゃいけなかったんだ、やっぱりなぁ（爆笑・拍手）。辞めるとあのねぇ、魔女狩りのね、味を覚えた大衆はますますつけあがるからね、そういうことをさせちゃぁいけねぇんだ。

だから、糸山（英太郎）は立派だねぇ、おれ、そう思うよ。辞めなくて（笑）、最後までやったっていうのはね。ああでなきゃいけないんだよ。そういう意味では態度も立派かも知れない。だから、……ハマコーだって辞めちゃった、辞めることないのにねぇ、あれ。何も悪いことをしていないんだから。ラスベガスで博打やっただけなんだ。やっていい国でやっただけのもんなんだから。どうってことない。

「金額が多過ぎる」

何言ってやらぁ〜、あんた。博打場でチンタラ張るの〝所帯博打〟って一番笑われるのよ、あんた（爆笑）。ドーンって張らなきゃいけないんだよ。日本の国の予算を張らしてぇんだから、ドカーンとな、今な。そうすりゃぁねぇ、予算委員会なんてやらなくたって済むんだ、あんなもの（笑）、本当だよ。予算持ってって、張っちゃえばいいんだよ（爆笑・拍手）。こっちの目が出りゃぁ、それで倍になっちゃうんだから（爆笑）。所得倍増でねぇ（爆笑）。半が出りゃぁ、古米食ってりゃいいだけのもんだよ（笑）。

で、辞めたときがその、

「身は潔白だ」

って、潔白なら辞めなきゃいいじゃねぇか（笑）。

「自民党に迷惑をかけた」

迷惑をかけたら離党すりゃいいじゃないか、それだけのことじゃん。国会議員を辞めることはないよな。辞めちまうんだ。よっぽど悪いことをしているんだな、そうでなきゃ辞める訳がないもんな（笑）。でも、そのう、

「国会議員の品位を汚した」

なんて、言う。手前《てめぇ》に品位があると思ってたのか（爆笑）、品位がねぇから、あれ好き

だったんだ、おれね。威勢がよかったですからね。

だからぁ、あなた方も明日は我が身だよ、どっちみち。結構成功してるんでしょう、世の中で（笑）。してねぇっていうのなら、してないで構わないけれども、いずれやられるから、強者ぶってるとな。だから、とにかく弱者ぶっていようよ、お互いにね。もう、本当にお互いに、「本当に我々貧しいんだ」と（笑）、ね？　もう、働いても働いても我が暮らし楽にならざりと、ね？　それで、辛くて過酷な労働を強いられて、そして資本家ばっかりが増えて、我々庶民は本当に貧しい、寂しい、それで、兵器を増やすくらいなら、福祉をやれ、福祉をやれ。年寄りに薬をやってくれ。歳をとっても殺さないで長く生かしておくような世の中にしておくれと、そういう風に言っているほうがいいよ、うん。そうすると大丈夫だよ。って、言いたくなるくらいね。え～、世の中になっちゃって……、まぁ、まぁ、甘ったれてりゃぁ、大丈夫、うん。甘ったれてね、わたしも暮らすようにします。

え～、『二人旅』って落語、短《みじ》けぇんだよ、だからこんなこと言って繋いでいるんだよ（拍手・笑）。なるたけ長く演るからね。

昔は（三代目三遊亭）圓窓さんって落語家がいてね、今の圓窓の前のね。これが、

「師匠、短く演ってくれ」

って、言うとね。こう、縮めるんじゃないんだな、スピードの回転を速くするだけなん

だ（笑）。「伸ばしてくれ」って、言うと、ゆっくり喋る、そういう人だった（爆笑）。まぁ、てくてく歩いて行く旅行っていうのは、いいもんだって、言うけど、草臥《くたび》れるねぇ（笑）。まぁ、ヤダね、おれは歩くのって。なるたけ歩かないでね、手前《てめぇ》の好きなときだけ歩いてねぇ、あと、スゥーっと目的地に行けてね、……山なんぞ登る奴の気が知れねぇんだ、あんなとこへ。あんなところへ登って遭難なんぞしやがんのな。雪がイイって、じゃぁ、かまくらなんか入ってりゃぁ、遭難する心配がない（爆笑）。あそこで遭難したっていうのはないね、あんまりね。山ぁ登るって、あのう、登る奴はブスばっかりだね、あれね、女も（爆笑）。都会で相手にしてくれないから、登るんだか、それとも、登っているうちにあんなになっちゃうんだか、知らねぇけれども（爆笑）。

まぁまぁ、旅行も今はまぁ、どこでも行けちゃうから面白くないわね。外国旅行ぐらいね、え〜、運賃もどんどん上がって、また埋まらなくて、また上げて、まぁ、適当に暴動の出ない程度に上げて、あとはまぁ、どのくらいもつかってもんだ。赤字なんて埋まりっこないんだからあんなもの。「十三兆だ、十四兆だ」って、豆腐でもあるまいし、そんなもの並べて（笑）。今にどうなるかって、言うと、金だけとって電車に乗せなくなるんだろうね（爆笑）。それで、埋まるらしいよ。

「十九番線から、青森行きが出ますから、線路に並んで……（笑）、あとは皆、車掌を先

頭に、移動！　進行」（爆笑）

皆、歩くっていうんだ。そういう時代になると、国鉄も楽だろうなぁ。

東海道五十三次。または、五街道、ねぇ、いろんなところへ出かけていく。もっとも、物見遊山の旅っていうのは、（江戸時代は）ダメなんですよ。観光旅行はね。だから、その、信仰という……、伊勢参り行って帰りに京、大阪を見てくるとかね。身延《みのぶ》行って帰りに、どこそこへって、そういうところへ出かけていたそうでござんすがねぇ。

『二人旅』へ続く

おれが憶えた落語を演るドキュメント

一九八一年七月十五日　イイノホール
にっかん飛切落語会　第七〇夜『松曳き』のまくらより

海で泳いでいたら、真っ黒になっちゃって（笑）、神津島ってところへ行って、伊豆七島の中ではキレイですわねぇ。あたしゃぁ、道楽は何にもないんでね、映画観るのと、あとは泳ぐぐらいで、博打はやらんし、競輪だ。競馬だ。やれ、オートレースだ。トランプだっていうのもしないし、トル××呂なんぞも行かないし、うーん、ゴルフもボウリングも、テレビも観ないし、新聞はどうやら東京新聞が安いからあれをとっているだけで（笑）、あんなんでも何とかなるんだね。

「朝日や日経を読まないいんですか?」

って、読まない。新聞なんかなくてもいられるしね。……そういうことを言っちゃいけない会場だってことを、今、気がついた（爆笑・拍手）。

泳ぐのだけ好きでね。キレイですよ、あのう、岩場で泳ぐといい。道歩いたってね、跳ね上がってね、この一メートルぐらいでしょう？　と、海の中って自由にこういうのが出来るでしょう？　うーん、いいですよ。で、おまけに白浜だとかね、そういうところで泳いでいる奴の気が知れないよ。海の中にもぐってみたらな、おそらく初めて見る人は、「こんなにキレイなのかな」と、感嘆の声をあげるよ。だから、ハワイなんぞ行くときは、ハナウマベイ行くからね、必ず地下足袋とね、手袋を持っていきなよ。恥ずかしいようだけどね、足をやっちゃうよ。怪我しちゃうからね。

それでえ、こうやって見てるとね、これがあんた、神津島あたりでもって餌やると、ボンボン飛んでくるの。毒蝮（三太夫）が釣りしてね、マネージャーが前のほうで、こう見てる訳ね（笑）。魚が来ると、こう手を挙げて釣る（笑）。酷い釣りでね。

で、いつも焼けても、皮膚は丈夫だから、染みる程度で痛くないんだけど、今回は痛いっていうのは、やっぱり六月から七月の日光っていうのは強いんですなぁ。地熱が温まるから、八月あたりのほうが暑く感じるけれども、本当に日光そのものは強い、まぁ、当然のことだけどもね。

そんなことで。遊んでいてね。いつも遊んでいるの（笑）。それで、この間、コロンビアってところへ行ったよ。赤坂じゃないよ、コロムビアたって、あなた（笑）、中南米のほうでね。エメラルドがたくさん採れるって、言うからね、なんか落っこってんじゃねぇかと行ったら（笑）、ないない、何も落っこってやいやしない。凄いところ、ピストル、ドンドン撃ちっこしてやんの。国中泥棒なんだってさ（笑）。

子供の教えというかね、社会の子供に対する教え、また親の教えがね、「他人のモノは盗れ。決して盗られるな」っていうんだから（笑）。こういう教えなんだから。だから、泥棒の噺なんかしても通じないよ。落語が落語でなくなっちゃう、あっちへ行くとな（笑）。

ウケたのはね、

「運動靴を履いた少年に気をつけろ」

って、言うんだね。

「何でです？」

って、言ったらね。盗って逃げるのが早いんだって（笑）。『風呂敷』って落語がここに生きているのね、ちゃんとね。出るのに靴を履かせているのが、ちゃんと生きている。で、女中を置いといて、表へ出て行くと、皆モノを持っていなくなっちゃうからね。女中を中へ入れて、鍵をかけたまま表へ行くんだってね。『締め込み』って落語がちゃんとここに生きている（爆笑）。「粋なもんだ」と思ってね。

現金為替っていうのは、どう説明しても分からなかったよ。

「どういうんですか？」

って、言うからね。まぁ、間《あいだ》へ、スパニッシュの分かる奴が間《あいだ》に入ってね、なんでこんな話になったのか分かんないんだけどね。そういう話になっちゃう。

「現金って書いてないんだろう?」

って、言ってるから、

「現金って書いてあんだよ」

「中に現金は入ってないんだろう?」

「入っているから、現金為替って、言うんだ」

「現金って書いてあって、現金が入ってないの?」

「そう」

「それが何で、向こうへ届くんだい?」(笑)

どう説明したって分からない。国中泥棒なんだ、届く訳がない(笑)。そういうとこよ。

やっぱ左ハンドルだから、左手に時計している奴は一人もいねぇわな。横からボッて来て、時計を持って行っちゃう(笑)。下手すりゃ手首と一緒に持っていっちゃう(笑)。

「何時?」

って、訊いてね。

「そんなの知らない」

って、答えるね。ネックレスだとか、イヤリングしている奴なんか一人もいない。みんな、持ってかれちゃうから、凄いとこ、嘘じゃねぇんだよ。ドンパチやって、死体がゴロンゴロンしてるような国だよ。凄いねぇ？　おれも二、三発撃っちゃった。的がボイーンッて（笑）。凄いの。そういうところへ行ってきた。

で、着いた日に全部衣装を盗られちゃって、おれ、素っ裸でもう何にもないの。変な甚兵衛さんで、ずっと歩いてたけどね（笑）。で、

「ナウだ」

って、面白くも何ともない。そういう国があるんだね。

だから逆に言うと、凄い、毎度言うけどね、帰って来るとホッとするって、いうか、いいよ、もう、ブラジルから友だちが来てね、これ、ベレンっていう、河口、アマゾンのな、今ゴールドラッシュなんだ、そこにいてね。そこから来た。ブラジルボケで八年いたから、ボケーッてしてんだよ。

「岐阜まで、四十時間ぐらいで行けますか？」

って、訊いてる（爆笑）。そういう奴なんだ。ボーッとしてやがんだ。そんでね、座敷で飲んでたらねぇ、そわそわ落ちつかねぇんだ。

「便所は向こうだよ」

って、言ったら、

「小便じゃないんです」

「何だい?」

て、言ったら、

「靴がなくなるか、気になってしょうがない」(笑)

「日本は靴はなくならないよ」

って、言ったら、

「あ、そうでしたね」

って、バーのカウンターで飲んでいたら、その脱いだ背広をしっかり押さえて(笑)、飲んでる。

「大丈夫だよ」

って、言うんだけど、……なくなっちゃうんだ、そんなもの。で、盗ったところを見つかっても平気なんだからね。だって、あたしはコロンビアのボゴタってところで、見たのはね。被害者と加害者が鞄を盗りっこしてるんだから、凄いね(爆笑)。しょうがなく、皆、こう見てるだけなんだ。やっと守りきってね。で、もう、次の話をしているからね。そういうぐらい凄いよ。ローマの空港で足をかけてたそのトランクを一所懸命引っ張る奴

がいた（笑）。足をかけているトランクよ、それを引っ張るんだから、

「この野郎！」

って、言ってもね、平気で、

「チャォ〜」

なんて（爆笑）。

おれの友だちがね、一人でツアーに参加してね。トレビの泉って、ワイラーが映画に撮った、何だっけ？『ローマの休日』とか何とかあるよね？　あれのところへ行ってね。一人だからって、セルフタイマーっていうのかな？　三脚つけて、こうやってね、セットしてね、で、こっちに回っている間に、それ持っていなくなった（爆笑・拍手）。

……ざらだ。日本にはそんなことないもん。そんな、持っていかないもんね。

中国は届けるって、いうけど、あれ、届けないとね、煩《うるせ》えから届けるだけで、本当に心から届けているんじゃないよ。

こんなに日本人ほど清潔でね、賄賂が嫌いで（……笑）、いや、笑うかも知れないけど、本当よ。逆に言うと、そういう国はね、金、賄賂が効くからねぇ、楽。

ああ、日本人ほど賄賂のねぇ、相対的に考えて嫌いな潔癖な国民いませんよ。あなた方の前で、金出してね、

「おい、ちょっと頼むよ、おまえ」
なんて、言ったら、
「ふざけんじゃないよ」
って、第三者がそこにいたら、もう、とにかく怒りますよ。向こうは平気で、怒らんですよ。だから、中国なんかと貿易して、そこの会社と百万で契約すると、中には日本人の凄いのが出てきて、これを九十万にコストダウンしてやると、平気でこれ捨てちゃうもんね。コストダウンしているのにね。日本人だったら、「ルールを破るな」って、これはこれで怒るわな。向こうは逆だもん。

「オマエ、九十万デナントカナルノヲ、ナゼ百万デトレタカ?」（笑）

こういうことだな、逆にこっちが怒られちゃう。

選挙のときの話なんか、あたくしこれを直接見た訳じゃないんですけどね。金貰って、日本人は平気でもって他人の名前を書くだろう? 行かねぇだろう? 向こうの奴は、ちゃんと金貰うとね、係員に見せに行く（笑）。この通り、ちゃんと書いたってな（爆笑）。そのぐらいですよ。

だって、子供だって、本当に、のんびりしてるよ。キャンプに子供連れて行ってね、先生が洗濯をやらせたんだってな。「下着を洗いなさい」って、自分たちでね。そうしたらねぇ、ポリバケツの中へな、まぁ、水を入れるわなぁ。それで、下着ぶっこんで、上から洗剤をぶっかけてね、こうやってかき回してるんだって（爆笑）。そりゃぁ、そうだよね。電気洗濯機しか見たことがない人間が、こういう発想をする訳がないよ（笑）。ああ、そういう風になっちゃうよね。

だから、そのぐらい豊かな、……だからポーランドからワレサなんか来て、ウチへ帰って日本のこの状態を説明するのに、どのくらいかかっただろうね？　カミさんに説明するのに、二週間ぐらいかかったと思うよ（笑）。説明出来ないもん、この凄さ。これだもん。前にポーランドに行ったときにね、会ったらね、

「日本は素晴らしい」

って、言うんだ。

「まず驚いたのはなんだ？」

って、言ったらね。切符を切る奴を見て驚いたらしいんだ、国鉄でな（笑）。

「あんな凄いことが出来るのは、日本人だけだ」（大爆笑）

って。ありゃぁ、凄い。だから、感じないところでも、凄く感じるのね？　ああ、向こうでね。

あのねぇ、近頃こういうケースになってきてる。おれはここへ、落語を演りに来たんだ

よな（笑）。『松曳き』って落語な。それをフッと思うとね、まくらだと思うからいいけどね、段々段々それていっちゃうんだよ（笑）。アッと思っているうちにフッと、こっちへ戻ってまたこっちへなっちゃう（笑）。それをセレクトする能力が全くなくなっちゃうんだな（笑）。そのうちここへ何しに来たか、分かんなくなっちゃう（笑）。……何なんだろうね？　精神分裂症なんだろうね。毎日こういう調子だから、誰も不思議に思わないけれどもね（笑）、普通の人がこうなったら一遍に、もう、連れてかれちゃうだろうな。おればかりじゃない、圓楽だってそうだよ、あいつも。そういうねぇ、状態なんだよね。だけど、記憶力っていうのはねぇ、なくなるっていうのは何なんだろうねぇ？　ドンドン入って来るから、捨てないと参っちゃうのかねぇ？　どういうことなんだかね？　モノを憶える力ってのは、まだあるね。今日演る落語を昨日憶えたんだ、ハッキリ言うとな（笑）。

だけど、昔はちゃんと憶えて訓練した、その作品のいいのを出してなぁ、それを御客に問うた。今、そうじゃねぇんだろ？　つまり、おれが憶えた落語を演るドキュメントとしてとらえている部分があるだろうからな（笑）。それでいいと思うからね。プロセスを見てろよ、うん。

でもね、何かある筈だよ、おれの落語だから、うん（笑）。ただ、リフレインしているだけじゃないよ。おりゃぁ、そう思ってね。そのかわり。上手かないよ、今日はな（……笑）。いつも上手いよ。いつも上手いんだから、しょうがない（笑）。

で、だから、憶える能力はあるね。だって、本当に思いついてね、何か現代とミックスする部分があるなという発想でね、バァーっと『松曳き』っていうのを書いてね。その書いたのを吹き込んでね、で、聴いてて憶えちゃうんだからな。一時間ぐらいで憶えちゃうんだよ。そのかわり忘れるのは、すぐ忘れちゃうよ（笑）。ああ、あー、酷いもんだね。

『松曳き』へ続く

おれの文化が文明を拒否しているんだ

一九八七年九月二十二日　イイノホール
にっかん飛切落語会　第一一四夜『たがや』のまくらより

え〜、頭の髪はね、染めてあるんです、これはね。本当はもっと白髪があるんです。で、今の健康状態だけ言うと、眠いんです（笑）。

今朝ぁ、……どんな生活をしているかって、言うと、三十分ぐらいかけて歯を磨いてね。それからぁ、日本航空の小倉寛太郎《ひろたろう》さんという例の有名な渦中の人物と会って、それからぁ、昼寝、ちょいとして、パラオの王様のオジ様っていうのに会ってきましてね。それから大蔵省へ行って、税制改革の話を、今、勉強して、それでここで落語を演るという、こういう変則的な暮らしをしているから、体調はよくないし、……そりゃぁねぇ、芸人三百六十五日演《や》ってりゃぁねぇ、ニコニコ笑ってはいるけれども、「喋りたくないなぁ」って思う日もあるんです。今日はそんな日なんです、本当言うと（爆笑）。

腹ぁ、変に中途半端でね。腹がいっぱいなような、それで、クソは出ないし（笑）、喉の調子はよくないし、胃の調子は悪いし、寝不足だし、ああ、いい覚醒剤は手に入らないし(笑)、××××は死なないし(爆笑)。

話題がなくなると、あのカルガモが出て来やがんの、ふざけやがってね。あれ、殺しちゃおうじゃねぇか、早いとこ、あんなもの(笑)。ふざけやがって、あのためにどれだけ金をかけるのか分からねぇ、企業がな。……あそこへ今度、猫を放そう(爆笑・拍手)。あんなもの食うためにあるんだぞ、カモってのは。鴨葱ってのがあるだろ?「カモが葱背負って来る」って。なにがぁ、……どっかおかしくなっているんですよ。

皆、大人がおかしくなっちゃったからねぇ、こういうことになっちゃったの。大人がちゃんとしっかりして、小言言わねぇからいけねぇ。全部与えちゃうからね。平気でそういう何の不快感も持たない子が生まれてきちゃうんです。食べてね、寝て、起きてね、着てね、行ってね、何て言ってるから、こういうのが出来ちゃう(笑)。不快感を自分で解消するのを文化っていうのよ。不快感があるでしょ? 一番の不快は死につながる不快ね。病気とか、または恐れとか、飢え、寒さ。まあ、これを貧乏って、言うが、今、ないけどね。それを自分で解決するのを、これを文化っていうの。

で、それを出来ているモノで解決する。これを文明っていうの。うん、そうなんです。これはハッキリしなくたって昔はよかったんですよ。そんなこと言わなくても、

「文明は文明で分かるよ」

とか、

「談志、理屈を言うなよ、お前。文化文明でいいじゃねぇか」

って、言うけどね。そうハッキリさせないと滅茶苦茶になって、ますます分からなくなるから、ハッキリさせておきたいんです。両方とも不快感の解消には違いないけどね。だけど、文明で不快感を解消しているとイザってときに、どうしようもなくなっちゃうよ。状況処理が出来なくなっちゃうんです。ええ、チーンといえば飯が出来るの、やれ、ボーンといえば何かが出来るところにいてね、そんな子が、親子が、母子がだなぁ、自動車か何かに乗ってサハラ砂漠でもってガタンとなって、それでお終いなんですよ。

「どうすんのぉ？　車止まっちゃったけどぉ、自動車屋さん、ない？」(笑)

「ないもんねぇ〜、電話ないのかしら？」(笑)

「ないよ〜」

「スーパーない？」

「見当たらないわねぇ〜」

「パトカー来ないかしら？」

「来ないもん」

って、死んじゃうだけのもん（爆笑・拍手）。それだけのもん。うん、状況処理が出来なくなっちゃいますよ。そういうのたくさんいますよね。

あたしなんぞは、ガキの頃から、そういうの知っているからね。ええ、見てるから。飯を炊くたって、今みたいにチーンのドーンのじゃないんだから。ええ、やっぱりこんなことしないと炊けなかったんですよ。で、黙ってりゃ真黒くなっちゃうでしょ？　ね、燃やしゃぁ、はじめチョロチョロ、中パッパでやんなきゃダメなんですから。だから、（四代目鈴々舎馬風の口調で）落語を聴いてみんな偉くなったんですよ（笑）。何だか、分からない。ほっときゃぁ、生煮えになるし、真っ黒になっちゃうし、そこで拵えてくる漬物然り、味噌汁然り、だから、ああ、ここまでやるには……、八十八、ねぇ、手がかかっている。それを母親がこうやったんだなと思うから、ありがたいものがある。それが今ないからね。せいぜい何か言わなきゃいけないんだよ、自分の嫌なことは。「モノを捨てるな」とか、「拾って食え」とかね。「我慢しろ」とか、そういうことを、自分が不快だと思ったらその不快感を相手に伝えなきゃダメよ。そうしないと向こうが分かんなくなっちゃうから。向こうもどうしていいのか分からないんですよ。どうやったら、大人が言うのか……分かんない、何にも言わないから。ただこうやっているだけなんですから、向こうは（笑）。「この野郎！」って怒りゃぁイイんです。大きな声で怒らないと分からないんです、今の奴は、バカだから。

嫌な顔したって分かんないんだ。

「何であっち見てるの？」

って、言われちゃうだけで（笑）。

国定忠治なんてのは、笑ったときには怒りが頂点に達しているんですよ。ニッコリ笑って、人を斬ったんですから。今そんなことやってごらんなさい。

「忠治さん、ウケてるぅ〜」（爆笑）

なんて言ってお終いだもん。

わたしは、だから、大根でも捨てられないの。大根のこっち、僅かな葉っぱがね。とっておけばそれで、漬物が出来る、炒めてよし、味噌汁に入れてよしと、つまり、自分の文化によって、これは解決出来るでしょう？　解決することを、文明の解決をしなきゃいけないと思って、嫌々捨てる奴は身体によくないよ。とっておきなよ。くどいようだけど、不快感を自分で解決するのを、文化って、言うんだ。出来ているもんで解決するのを文明って、言うの。こんな論理的な落語家他にいないよ、アンタ、ええ（笑）？　どうも、変な風になっている、餅食ってやんの、こんなになって（爆笑・拍手）。

※談志の直前の高座の『蛇含草』（三代目春風亭愛橋、現・瀧川鯉昇）の所作を再現している。

だから、『しわいや』のこうやってるの、おれ、文化だと思うんだな、あれ。扇子《こっち》を動かさないで、首を激しく振って涼しさを感じるというのはね。

「ははぁ、あれは文化のゲームじゃないかな」

とね、そんな感じがするんですがね。で、あたしのウチはね、バカに変に広くてね、そういうところにね、部屋が十ぐらいあって、窓が二十ぐらいあってね、一つ一つやってもね、一分ずつかかってもね、いや、二十分かかっちゃうんですよね、この開閉をね。これ金出しゃ直ぐ出来るんですよ、こんなもの。金がねえ訳じゃないんですから、別に（笑）。寄席を建てない分だけ、おれは金持っているんですからね（爆笑・拍手）。それをガタガタこうやっているのを弟子が見ててね、

「ケチだ。ケチだ」

って、言ってやがんの。

「ケチじゃねぇんだ、バカ野郎。おれの文化が文明を拒否しているんだ」

って、こう言う訳ね（笑）。いいセリフだろう？　この間来やがって、「家、建てませんか？」って、言うからね、建築屋の三菱地所か何かのね、

「建ててくれよ」

「どのくらいの予算がある？」

「予算なんていくらだって出してやるよ」

「どんな家がいいんですか？」

「どんな家を建てるんだい？」

「ですから、寝室がどうのこうの、ダイニングキッチンが……」

「ああ、そういうのダメなんだよね。適当に文化が発揮出来る家を作ってくれよ」

って、言ったの。

「え？」

って、言ってやんの。

「おまえら文明だけの勝負だろう？　これだけ出すとこうなって、こうなって……。おれは文化が欲しいんだ。文化が発揮出来る家よ」

「弱ったなぁ、どういう風に？　具体的に……」

って、言う。

「適当に雨漏りのする家を作れ、この野郎」

って、言ったらね（笑）。「こういうのは初めてだ」っていう顔したね。そりゃそうだろうね、いいものですよ、雨漏りっていうの。今、ウチは雨漏りするんですよ。で、金魚のあれ買ってきたの、あの洗面器買ってきて、タトンタトンと音がするといけないから（笑）、ここに今度はね、……トレモロで楽しんでいるウチはいいけど、撥ねると飛ぶからね、そこへ今度は布巾を置いたり、雑巾を置いたりね。そういうところで楽しんでいるんです、うん。

え〜、だからね、そういうところを持っていないとね、ダメになる。だから、会場《ここ》へ来るという、この行為が文化なんだよ。そうなの、うん。日刊スポーツをとって読んでいるのは、あれは文明なんだ、あんまりよくねぇんだ、ハッキリ言うとね（爆笑）。ここへ来ることは文化なんだ。だって、出かけて来るんだから。つまり、ここへ来ないと不快感が解消出来ないから来るんでしょ？　そりゃぁ、不快感はいろいろあるよ。「談志の落語を聴かないと不快だ」っていうのも、あるしな（笑）。切符貰っちゃったから、行かねぇと、「行ってくれなかったの？」って、言われると不快だから、しょうがねぇから、不快感の解消のために来る為もあるわな。義理を果たさないと不快だってのもある。いずれも不快の解消のためにここへ来ているんでしょう？　で、聴いてますます不快になるってことも考えられるしね（爆笑）。でも、それはここへ来なきゃ分かんなかったことでしょう？　とりあえず、ここへ来るんですよ。妙なロジックだけど、そう言うよりはしょうがないですよね。だから、ウチで足でスイッチ、まぁ、手で入れてもいいけど、そこで観てるのはこれは文明なんです。ここへ、まぁ、使う手段は車に乗って来るの、電車で来るのって、言うけどね、とにかく少なくも文化に近い行為、少なくも歩く、目的を達するために、向こうへ行きつく。行きつかない不快感の解消のために歩いている部分もあると。ね？　うん、そういうことをして、ここに来る。

つまり芸の内容をどう説明したって、いい芸人があんまりいねぇんだから、こういう説明で客の来ている現象を紹介するよりしょうがないね、これね（笑）。嫌なコミュニケーションだね、お互い様にね（笑）。

で、おれ何演るかっていうと、『たがや』って落語を演るんだけどね（笑）。『蛇含草』と大して変わらねぇんだ、これな（笑）。サゲは、

「たぁがぁやぁぁぁぁ」（爆笑・拍手）

これで、お終いなんだ、これね。う〜ん、しょうがねぇもん、隠したってしょうがない、皆知ってんだろ（笑）？（春風亭）小朝も演りゃぁ、（五代目）圓楽も演るだろうしさ。（四代目）三木助みたいのだって、演るんだろう（笑）？……しょうがないよ。もう、これで終わったってイイんですよ、別にね（爆笑）。

『たがや』へ続く

肉体労働を伴わない酒は美味くない

一九八八年二月十六日　イイノホール
にっかん飛切落語会　第一一九夜『ずっこけ』のまくらより

え〜、久しぶりに出て来ました。

この間ここで、『たがや』って噺を演って、……自分で面白かった（笑）。近頃時々落語を聴くんだけど、どいつの落語を聴いても面白くない。あたしのは面白いですよ（笑）。「あ〜、おれだけ特別なんだなぁ」って、今思っているんです。だから、今日も、他のガラクタなんぞ聴かなくてもイイんです、別に。おれだけ聴いてりゃ、それでいいんですよ。仲入りで皆帰っちゃったって、構やしないんですよ（笑）。だってあとが、圓鏡の弟子でしょ？そんなもの、ロクでもないのに決まっているんですから。そのロクでもないものを観る楽しさっていうのは、ありますけれどもね。「ああは、出来ねぇよ」という楽しみ方です（笑）。あとは（桂）歌丸でしょう？　うん（笑）、全部帰っちゃって二度と立ち上がれないようなダメージを与えてやりゃぁいいんだ（爆笑）。

あの『笑点』ってのを作った頃、皆、死んでいるんですよ。(柳家)きん平って、西川辰《にしかわたつ》美《み》さんという『おトラさん』というのを描いた漫画家の弟が自殺しているでしょう。それで、(四代目三遊亭)小圓遊が死んで、(二代目春風亭)梅橋《ばいきょう》が死んでんですからねぇ。本来、歌丸と圓楽は死ななきゃいけないんですよ(笑)。(林家)こん平はバカだから、あれはまぁ生きてんだか、死んでんだか……(笑)。あんなものは論外だからいいけれど、その割には生きているんですな。

あたしもどうも調子が悪くって、いつもまくらみたいで言うけど、本当なんで、大体落語の限界も、己の技術才能含めて、分かっちゃったし、食い物もさほど食いてぇと思うものもないし(笑)、また、今、歯が痛くて、これで三本取られて、こっちがまた膿んで痛くてしょうがねぇし、女房は子宮がんになっちゃうし(笑)、淋病は治らねぇし(爆笑)、いい覚醒剤は手に入らねぇし(爆笑・拍手)、××××は死なねぇし、カァー(爆笑)! これ言うと右翼に追っかけ回されちゃうけど。

酒の噺なんですけど……。あたしは酒を今晩も……、歯が痛いから酒を飲むよりしょうがない。ストレートを流し込んでやろうかと思っているんです。ストレートは美味いです。スコッチ飲みなさいよ。痩せても枯れてもスコッチ。どうしても国産を飲むんなら、ニッカを飲みなよ。

……ついでに言うとソニーも失礼だね、ベータをやめちゃうなんて、あんなもの（笑）。紀伊國屋のね、田辺礼一さんというね、茂一さんの御子息の今の社長に訊いたらね、紀伊國屋は売れなくてもねぇ、そのやれ、芥川龍之介の全集だとか、誰々のと、売れなくてもやっぱり置いてあるって、言うんだね。スペースを、営利的に無駄かも知れないけどね。だから、少なくも今まで買ったベータの、その人たちの面倒だけは見切れるだけ見るって、言うならともかくね、もうそうじゃないんだもん。

「まだ、三年ぐらいは製造を続けます」

って、三年続けられたら、三年だけまた増えちゃって終いじゃん。大体あの××っていうのは偽者だと思ってましたけどね。ええ、言っていることはいいよ。「今の少年に夢がない」って、よく言うよ、バカ野郎め（笑）。手前《てめぇ》たちで夢をなくすように全部品物を与えといて、夢の出る時間がねぇじゃないですか？　これでもか、これでもかって、ガキ相手に売り飛ばしやがってねぇ。何も××ばかりじゃないですよ。

まぁ、落語ぐらいじゃないですか？　本当のことを言っているのは（笑）、ええ。ちょっと話の展開に無理があったけどね、今（笑）。

え～、酒しか救えない。本当は酒が救う訳がない。酒は喜びを倍に、悲しみを半分にするというけども、むしろ酒よりも友情のほうがそれが強いかも知れないし、いい加減なもんで……。で、圓楽は酒飲めないんです。「飲みなよ」って、言うんです。飲まないから、睡眠薬を飲むんですがね（笑）。あたしが教えちゃったんですけどね（笑）。それで、覚醒剤打って、……それは嘘ですけどね（爆笑）。酒に言わせるとね、「一遍や二遍飲んでね、俺のよさが分かるか？」って、言っているんですよ。だから、今は、いつも飲む機会があるけれども、夜中でも金さえ出しゃぁ、ガチャンと出るけれども、もうちょぃと前に、やれ、会社に行くと、成人になって、社会人になって、新入社員の歓迎会の迎えの会の、同じだけど、まぁ、飲む。あんまり飲んだことがないのが気分で、イッキ飲みを含めて飲む。こんなになる、吐く。

「ああ、こんな、辛いものはないな」

と、思ってやめちゃうか、また飲むかで人生が変わるのね（笑）。うん、飲まなきゃいけないんです。酒っていうのは飲むものなんです。美味いんですからね。苦しくっても飲むものなんです。だから、「飲めない」って、言う人に、「飲めないと銃殺だ」って、言ったら、どうしますかねぇ（笑）？　どっちを選ぶ？　銃殺か、酒かって、言うと（笑）。これ、酒を選ぶでしょうね。で、……飲むよ。銃殺より、いいもん、ねぇ？　それで、酒を覚えちゃうんじゃないですか？　それで、覚えて、「やめないと殺すぞ」って、言ったら、何て言うかね？

「殺されてもイイから、飲みてぇ」(笑)

なんて、言うよね？　そのぐらい酒っていうのはイイものなんです。

じゃあ、万度美味いのかって、いうと、美味くねぇときありますよ。「なんで、これ飲まなきゃなんねぇのか」と思って、もう。他に飲むものがないんですよ。お茶飲んだって美味くないし、コーヒーなんぞ、あんな色の付いたもの毒に決まっているんですからね、あんなもの(笑)。ウィスキーってのは色がないんですからね、着けているだけですからね、ちょいとね。え～、そういうものです。

で、まぁ、酔うと本性が出る。このあいだ、落語聴いてたら、落語家がねぇ、

「お酒飲みという者はしっかりしているもんでありまして、え～、交番の前なんぞ来ると酔っ払っても、静かになったりしてねぇ。

『でかんしょ、でかんしょでぇ、はぁ……』(笑)

と行くと、

『よい、よい』

って」

よく言うよ。こういうの、ね？　今逆だろうよ。普段静かにして、交番の前に来ると大きな声をするじゃないですか？

「でぃやぁ～！」

なんて、言って。出て来て何か言おうもんなら、

「何だ、文句あるのか？　この野郎！　手前《てめぇ》、公僕のクセしやがって、この野郎（笑）。酔って悪いのかよ、手前《てめぇ》」

って、イイ肴《さかな》にしますでしょう？　だから盛り場の時間になると、全部交番はいませんよ、みんな逃げちゃって、おまわりが（笑）。そういう時代になってきちゃった。

本当に美味いっていうのは極限状態で飲む酒だな。あたしはこの間、千葉からずっと車に乗って、来て、帰って来て。途中で小便したくなるのも嫌だから、我慢に我慢を重ねて家へ帰って来て、朝から飲まないで、カンカン照りのところを昼過ぎて、まだ飲まない。夕方飲まない。それから湯へ入ってね、一応キレイに、キレイになるかどうかは分からない（笑）、とにかくまぁサッパリして、……反省しながら喋っているのよ、こういうのはやっぱり（笑）。

それでね、すし屋行って飲んだときに、コップはダメね。ジョッキ、それも大ジョッキじゃなきゃダメ。グゥウウウって、立て続けに二杯ですね。三杯目はちょっと荷でしたけどね。だからよくある、あの土方《どかた》……、今、土方って、言っちゃいけないんですってね。土方《ひじかた》さんとかなんとか（爆笑）。こういうところに手拭いとかタオルをこう、首っ玉へ、で、仕事帰りというより現場帰りというほうが合っているかも知れないけど、ああいうところで飲

んでいる酒、やっぱり肉体労働を伴わない酒は美味くないですよ。仕事ってのは大地と鶴《つる》っ嘴《ぱし》で戦っているとかね、それから海の中で荒海と、って、そういうのを仕事って、いうんですから。ですから、高座《こんな》の仕事でも何でもないんですよ、別にこれね。「ついで」って、言うんです、これね（爆笑）。だから、志ん生師匠は、

「（五代目古今亭志ん生の口調で）ぇえ、我々はぁ、ついでに生きておりましてぇなぁ」（笑）

なんて、言ってたけどね。ついでに生きてるんです、こっちは。

で、こう、飲むと気が大きくなって、

「竹下ぁ？　ふざけやがって。何だ、この野郎！」

なんて言っている。訊いたら炭屋の竹下さんだったりなんかして（笑）。

「内閣をこき下ろしている　コップ酒」

って、言うのがありましたけどね。

え〜、ソビエトの小噺に、……まぁ、東欧ジョークですから、ソビエトで作ったのか西側が作ったのか、分からんが……、まぁ、バーがあるかどうか知らないが、酒を飲んだ労働者が、

「勘弁出来ねぇ！　幹部のブタめ、手前《てめぇ》たちだけいい思いしやがって。幹部だけいい思いをして、俺たちはいったい食う物も、何にもない。どうなっているんだ、この国のやり方は？　ふざけやがって、バカ野郎！　バカ野郎め、ブタ共め！　幹部のブタ！」

散々《さんざ》っぱら言って、小さな声でも言っても捕まっちゃうんだから、大きな声で言やぁ、すぐ捕まっちゃうからね（笑）。ＫＧＢにとっ捕まって、

「お前か、今、酔っ払って、『幹部のブタ共』とか、『腐敗している』とか、『自分たちだけ、いい思いをしている』とか」

「は、はぁ」

「『はぁ』じゃない。誰のことを言ったんだ？　その『ブタ共』ってのは？」

「アメリカ人のことを言ったんですよ」

って、噺があるんだけどね（笑）。

「……アメリカ人かぁ？　んじゃぁ、しょうがねぇやなぁ」

「あなた方は誰のことだと思ったんですか？」（爆笑・拍手）

こんなの作ってた。

『ずっこけ』へ続く

落語なんて相談しながら演るもんじゃない

一九八八年十月十九日　イイノホール
にっかん飛切落語会　第一五七夜『紺屋高尾』のまくらより

え〜、ダブルヘッダーはね、第一ゲームはねぇ、近鉄が勝ったって（笑）。第二ゲームは、一点負けているそうですよ。引き分けがないからね、引き分けはない訳じゃないけど、延長戦がないから。引き分けだとね、西武が優勝しちゃうんだって（……爆笑・拍手）。え〜、まぁ、ご報告まで（爆笑）。

天皇陛下のご容体はね（爆笑）、……あー、困ったもんだね、天皇陛下も（笑）。何とか、元気になるとか（爆笑）、まぁ、仕事はなくなっちゃうし、堪らないよ、こっちは（笑）。あれ、寝たきり老人になったら、どうなっちゃうのかね（笑）？

みんな、あそこへ記帳に出かけやがって、圓楽まで行ったたって、バカだね、あいつは（爆笑）。落語家なんだっていうのを、分かってないんだね、あれはね。いくら上人とは言いながら、酷すぎるよ、あんなところへ行って。何しに行くんだろうね？　あれ。

みんな若いのが行って、大して関心もないのね。あたし共の周りはみんな、〝御為《おんため》〟という名の下において、死んだりね。帰って来なかったりしてるんですからね。ハッキリ言って、憎悪しかないんですよ。あたしは面白くない。まして上方から来た、あんまり好きじゃねんです、ええ。徳川家のほうが好きだから、どっちかって、言うとね（笑）。

それを初めて、下血って、言うのね。知らなかった（笑）。ケツから血が出るの下血なんだってね（爆笑）。恐惶謹言、お稲荷さんだね、本当に（笑）。偉い方は違うもんでね。

え〜、本当にあれ、ニュース見たら、

「陛下がこんなことになるなんて……、信じられません」

信じられませんって、八十七だろ？　ええ（爆笑）？　信じられるだろう、おめぇ（笑）。

で、若いのが、あそこで、宮城前でこんなことやってやんの。

「行ったぁ？」

「行ったもんねぇ」

「どうだったぁ？」

「うーん」

なんて、言ってるのかねぇ、あれ（爆笑）。

「名前、書いてきたぁ？」

「書いてきたもんねぇ〜」

なんて、言ってぇ（爆笑）、何かハートかなんか描いて来てんじゃないの？　あいつら（爆笑）。

「行って、お辞儀したぁ？」

「お辞儀してきたもん。雨が降ってきたけどさぁ、面白かったぁ。……天皇陛下って、どんな人なの？」（爆笑）

なんて、

「名前がないのね？　苗字がぁ」

いろんなことを言ってる（笑）。あー、実に困ったもんで……。もうちょっと静かに、ね？　それぞれの個人の感情は別としても、静かに、安らかに、ねぇ？　その時期を迎えるようにしたらいいのに、天気予報と同じようにやってやがる（笑）。

「天皇陛下、曇り、風力七」（爆笑）

みたいな……、本当にまぁ。

ウチのガキなんぞ、前から言っていたけど、とうとう、

「天皇陛下が死ぬと嫌《や》だな」

なんて、言ってやんの。二十歳過ぎた奴が、

「何で、嫌《や》なんだい？」
「皇太子が天皇陛下になるんじゃないか」（笑）
「嫌いなのか？」
「嫌いって訳じゃねぇけどなぁ……」
「何で嫌なんだよ？」
「誕生日が十二月の末だろ（爆笑）。冬休みとダブっちゃうしな、あれな」（爆笑・拍手）
他人のことは言えない、おれもね、やっぱり死ぬときはね、おれはもう、下血とかじゃないんだね（笑）。おれ、発疹チフスで死のうかと思ってんの（笑）。あんまり他人のならねぇような病気でね。
「どうしたい、あいつ？」
「死んじゃった。発疹チフスで」（笑）
「何か言ってた？」
「何にも言ってねぇ。遺言もなんにもねぇらしいよ。なんか、『ＤＤＴが欲しい』って、そう言ってたらしい」（爆笑）
そういう死に方をする。あとは自殺だね。自殺ったって、おれは首を縄でぶら下がるとかね、毒を飲むの、ガス管を咥えるのね、飛び降りるなんてことは一切しないよ、うん。ダイナマイト抱いて客席に飛び込んじゃうの、一緒に（爆笑・拍手）。ババァーン！　客、全部、木っ端微塵にしてな（爆笑）、巻き添え、道連れにしてね、最後まで迷惑をかけ続けて死んじゃう（笑）。そうでもしねぇと治まらなくなっちゃった。

まぁ、まくらがあんまり長いとあれだけども、それにしても、おれは腹が立っているのは、あの、ソウルオリンピックなんだ、生意気だなぁ（爆笑）。行かなきゃいいんですよ、あんなところへ、ねぇ？　行ったたって、勝てねぇんだから。朝鮮に負けちゃうんだから、だらしがないね。ったく、加藤清正を見ろって、言いたくなる（爆笑）。

行くなよな、あんなところへな。おれ行かないね。おれ、

「アンタ行っても五十二位とか六位とかなんとかって、行きますか？」

って、言われて、おれ、行かねぇね、絶対に行かねぇね、うん（笑）。おれは嫌《や》だよ、そんなんじゃ、ランクが上でなきゃ（笑）。圓楽と志ん朝が先に真打になっただけで、辞めちゃうぐらいなんだから、おれはね（爆笑・拍手）。そのぐらいプライドが高い奴が行く訳ねぇ、あんなところへ。みっともねぇね。

馬術なんて、あれ、落ちると失格なんだってな。日本の奴、三回も落っこちちゃってね、で、落っこった馬が捕まんなくて、あとを追っかけてやんの、こいつな（爆笑）。こういうのが行くなよな。ボートなんて、もっと酷ぇ。あれ、落ちて事故があるといけないか

ら、うしろから監視艇みたいのがついてくるんでしょう。日本のボート、それより遅いのね（爆笑・拍手）、その監視艇より。何とか、こう、飛ぶ奴いないのかね（爆笑）？　デヤァァァァって。ずっとガキの頃から稽古してりゃぁ、ちょいと飛べるんじゃねぇのかね？

どうして、ドーピングをやらないのかね、日本の奴ってのは（笑）。こんだけ、覚醒剤が余ってんだよ、アンタ。おれ、世話したっていいよ（爆笑）。どっちみち獲れねぇなら、ドーピングでメダルを獲ってさぁ、で、目っかったら、返してくりゃいいじゃないすか（爆笑）。ベン・ジョンソン、あんだけ話題になったんだから、日本だって何かやるがいいじゃないですか？　場合によっちゃぁ、「返して」って、言ったときに、「落っことしちゃって、ねぇ」って、言えばそれっきりだ（爆笑）。

ああ、まぁね、本当に……、まだ噺に入っていないぐらいだから、随分……（爆笑・拍手）。え～、もうね、前のガラクタ聴いて、聴き飽きたと思うんでね（爆笑）。個人的には（八代目雷門）助六師匠だけにはお詫び申し上げるけどね。（四代目桂）三木助も下手くそだねぇ、あれも（笑）。ウチの高田（文夫）のほうが上手《うめ》ぇんじゃないかと思うくらい。親父は泣いているね、うん。

「天国のお父さん、見ててください」

って、親父は怒り狂っているよ（笑）。

「（三代目桂三木助の口調で）バカやろ！」（爆笑・拍手）

え～、『紺屋高尾』って、言うんだけどね。大した噺でもないいんだ、あれね（笑）。高尾ってのは、二つ噺があってね、一つはあの、「名義伝にかかるとお長くなります」って、あの高尾とね、……この間、羽黒堂ってところへ行ったらね、高尾の使った枕ってのがあったよ。それはね、『仙台高尾』のほうな。こっちのはそうじゃない、『紺屋高尾』のほうでね。

え～、今思うに、女の価値というのが、どうなのかねぇ？　この間、ポルノの女の子を連れて歩いて、ポルノって、アダルトビデオの娘《こ》で、

「何本ぐらい撮ったの？」

って、訊いたら、「三十六本撮った」って、言う。で、

「今、いくつ」

って訊いたら、「二十歳」だっていう。つまり、三十六人と絡んでいるんですよね。あいつら複数もあるから、五十人以上と絡んでいることになるでしょう。それで、

「どうするの？」

ったら、引退して来年普通の子になっちゃうんだってさ（笑）。凄いね、普通の子になっちゃうのよ。これが分かんなければ、それっきりだよな。そうでないのがあるでしょう？　そっから今度は、あのう、スタアと言うか、アイドル歌手になっちゃうんだね。うん、見て

いる奴が、

「素敵ぃ！　もう、絡まないでぇー！」

　とか、何とか言って、「絡まないで！」と言って、つまり「もうやらないで」って、言っている訳ですよ、うん。そういうのが出てきちゃうんですなぁ。……そういうのも、あこがれの対象になる。と、言うことと、その昔の吉原の最高級とか、何か分からんが、その花魁《おいらん》と同じように考えていいのかね？　落語なんて、あんまり相談しながら演るもんじゃないけどね（爆笑・拍手）。

　すぐ飽きちゃうからね。リフレインの楽しみっていうのは、おれになくなっちゃったの。それを聴こうとする観客は、もう、ダメだよ（笑）。うん、流れるようなあの口調だとかね、うんうん、ダメなんだ。だから、イイんです（笑）。え～、言い訳しながら演っているようだけどね。え～、傾城傾国《けいせいけいこく》と言ったらしいね。……最高級だったのかねぇ……。

『紺屋高尾』へ続く

日本中に本当の正義なんてねぇんですから

一九八九年四月二十日　イイノホール
にっかん飛切落語会　第一六三夜『ぞろぞろ』のまくらより

【噺の前説】前年の一九八八年にリクルート事件が発覚。政界、官界、マスコミを揺るがす戦後最大の贈収賄事件となった。

今ね、天丼食ってお腹《なか》いっぱいになっちゃった（笑）。与太郎みたいなもんでね。「天丼食ってぇ、今ぇぁ、お腹いっぱいになっちゃたぁ（笑）。ぷつんと音がしたから、お腹の皮が破れたのかと思ったら、パンツの紐が切れた」（笑）

そんな状態でね。え〜、昨日疲れて死に損なっちゃってね。つまり、自分の状態だけを勝手に喋っているだけだから、そっちは皆目《かいもく》分からないと思います（笑）。死に損なう前に東大の食堂で百七十円のライスカレーを食った。それから、吉川潮のパーティーに行って、それからヤクザと酒飲んで、それでウチへ帰ったらおかしくなっちゃった（笑）。死ぬっていうのは、こんなことになるのかと、そんな感じがしてね。でも、死ななかった（笑）。え～、そんなようなことです。

で、今日、「桜を見る会」って、……来るんです、あたしにも一応、案内がね。桜見ないで竹下（登）の顔でも見て来ようと思ったんだけど、やめて、それで、こっちへ来た訳でございましてね。

え～、うんうん、う～（笑）。こういう空間も笑わすつもりで作っているつもりじゃないんだけど、え～、腹がいっぱいだと考えが浮かんでこなくなっちゃう（爆笑・拍手）。あ～、

「付け焼き刃は剝げやすいと、申しまして……」

あ、これ、全然関係ない（爆笑）。

まぁね、リクルート、……わたしもあそこへ行ってれば、貰えたというのを……（笑）、あたしの性分からいったら、取りに行ったのかな、きっと（笑）。

「おれにもくれ、おれにも。おれにも返せ！」

って、『万病円』の客みたいなもんだな、

「おれにも、返せ、おれにも」

「あなたにはまだ払ってませんよ」

なんて、あんなような感じで、行くかも知れません。

だけど、消費税なんて、あんなことやんなきゃよかったんです。別にあれやったからって、生活のレベルを落とす訳でもなきゃぁね、イイノホールの客が減る訳でもないし、減るとしたら消費税じゃなくて、芸が悪いから減るだけの話なんで（笑）。だけど、何か面倒くさいでしょう？　一円玉が活きてくるっていうのは、あたしは個人的に面白いけどね。一円玉っていうのは、何となく愛嬌があって好きなんです。だけど、面倒くさいですよ。酒屋なんて、またスーパーなんてね。

「面倒くさいことをやらされやがってこん畜生」と、じゃぁ、手前《てめぇ》ら何やってんだって、言ったら、リクルートやってるから、それで怒っちゃった。それだけのもんなんですよ、あんなもの（笑）。何も、正義も不正義もあるもんかい、日本中に本当の正義なんてねぇんですから。嫉妬にフラストレーションが重なって、それを新聞が煽っただけのものなんですから、あんなもの。

ただ、そうさせちゃったらダメなんですよ。だから、下手なんですよ。だって、省エネって、言うと、皆、省エネにして電気まで暗くして、ネオンまで少なくする国民でしょう？　あんなに素直になる国民を怒らせちゃうっつぅのは、よっぽどバカなんです、竹下っつうのは。おれはそう思うよ、うん（笑）。

それとも、威張《えば》っているんですかね。大体宗教上のトラブルと、人種差別がなくて、政治が上手くいかなかったら、政治家が悪いって、言いますけどね、あれは本当なんです。国会にいるときに、こういう発言をすりゃよかったんですけどね（爆笑・拍手）。あそこへ行っても、誰も相手にしてくれなかったもんですから（爆笑）。ここで愚痴こぼすよりしょうがないです（笑）。

でも、話来てますよ、今。二か所ばかりから。「もう、一遍行ってこい」ってね。一つは何と竹下のところから来たよ。凄いだろ？　これは信じられない話でしょう？　これはあるんです、ええ。あたしが言うから、余計に信じられなくなっちゃうらしいから（笑）。ただ、手塚治虫先生がね、

「もう、政治に行かないでくださいね」

って、どういうつもりで言ったのか……、でも、言われたんです。それが心の底に引っかかってんで、で、いい政治家になるつもりはないですから、いい落語家になるつもりで生きているんですから。そのために政治が必要なら、政治のほうも行くけどね、ええ。理屈はどうでもつくからね、そんなものはね（笑）。最終的には、

「落語界に絶望した」

って、それでいいんですからね（爆笑）。

「小益（現・九代目桂文楽）がトリをとるようなところにいたくねぇ」（笑）ってなことを言えばいいんですよ。

確かに人種の問題がなくて、宗教上のトラブルがないっていうのは、凄いことなんです。陸の国境もないしね。だから、それが解決出来ないのは悪いって、言うけど……。確かに、宗教ってのは、フリーですな。

本当にフリーで、クリスマスのときだけミサを上げに行くのいるもんね（笑）。あれ、キリスト教でも何でもないんだよ、強いて言うならば、日本教キリスト派……、そこまでいかないね。女ひっかけるために行くだけだろうね、あれね。こう雪が積もって、キャンドルの点いた、ね？　部屋だから灯りがこう見えてパイプオルガンが聞こえて、『ホワイトクリスマス』なんか、アーヴィング・バーリンかなんか曲がかかってね。そこで雪が降って、イイじゃないですか？　で、女の肩を抱いて、

「マリア様も、二人を見てる」

何を言いやがんだ（笑）。それで、ラブホテルに行っちゃうだけのもんなんだよ（笑）。キリストかなって思うと、そうじゃねぇんだ、お正月になると初詣で行って、柏手打《こんなことや》ってんだからね（笑）。野球が始まると、

「ＰＬ学園、頑張れ！」

って、言って（爆笑）。完全なる自由だってね。パーフェクトリバティー、うん。ＰＬ学園そのまんまかも知れない（爆笑）。そういうもの凄いところにいるんだね、我々は。知らず知らずのうちに……。

だから、自分を信じているから、来るよ、そりゃぁ、うん。自分を信じているから、来るのはいいけどね。アンタも、来るのはいいけれども、どういったってこれはダメなんじゃないかって、そういう判断はねぇのかね。ダメだというのは、まだ、神の力が足らないからだとか、なんとかってことを言うのかね？

で、その神々、神様は何をするかって、言うとね、うん、……人を救うんだ。ときにはそれがもう信じられないかたちで救ってくる。これが、ミラクル、奇跡を起こす。『オー！ゴッド』っていう映画があったでしょ？　ジョージ・バーンズのね。神様が「散々奇跡を起こしたじゃないか」と、「紅海も割ったろ？　メッツも優勝させたろ？」って言う、こういうシーンがありましたけどね。え〜、すべてを神様が拵えて、だから、日本人は奇跡を信じられないんですな。どういうことかって、言うと、……奇跡、奇跡（汽笛）一声新橋を（笑）、……全然違う。え〜、鬼籍に入った。なんだかよく分かんない。

あのねぇ、四十七士も奇跡だったんだ、あれな。そうでなきゃあねぇ、もっとも、「四十七士が来たら、討たれなきゃいけないよ」と、言われたって話もある、上杉のね。

「あれは正義なんだから、討たれないといけない」って、小林平八郎も、和久半太夫も、清水一学も、討たれたっていう話もあるけれども、あれも奇跡。

日蓮も奇跡だった、龍ノ口《たつのくち》でな。ピカピカガラガラってことをいってね。あれも、奇跡なんだよ、うん。だから、

「皇国の興廃この一戦にあり」

と、言った（笑）、あの秋山真之《さねゆき》は、あれも奇跡だったんだ。そうでなきゃ、一〇対〇で、完膚なきまでに、あんなバルチック艦隊を出来る訳がないんですから。やっぱり神がねぇ、己を感じて……、あのう、天の感ずるところだったんです、あれぇ（笑）。そうでなきゃ、……だから、おかしくなっちゃうんですから、真之はあれから。「何でこんなことがあったんだ」って、信じられない。

「（若い女性の口調で）シンジラレナーイ！」

って、言ったらしいよ（笑）。それで、あんなになっちゃった。他に考えられないですから、やっぱり奇跡だったんです。

だから、あの、話は変わるけど、キリスト教のほうでもって、セントっていうのが（名前に）つくでしょう？　一セント、二セントとかつくでしょ（笑）？　あれ、セント・ニコラスとかって、あれセントっていうのは、あれ奇跡を起こした人とね、あとはキリスト

教の宣伝に尽くした奴とね、それからあとは殉死したのね、キング牧師みたいに。だから、日本にもなれる人がいたの、あのう、『蟻の街のマリア』っていうねぇ、北原、……北原レミイ、北原なんだっけ、白秋、違う。北原ミレイ、違うなぁ。北原義郎、古いなぁこりゃどうも。北原謙二、違うね。あ、北原怜子《さとこ》。思い出すに、時間がかかるんだ、これ(笑)。落語のパターンにあるじゃないですか?

「さっと体をかわした」

って、アレがあるでしょう?

「恵比須様にかかってくるの、あれは鯛」

ってやつがあってね(笑)。……全編楽屋落ちみたいな落語なんだよ(笑)。現状に飽きちゃって、その先がまだ自分が作ってないから、過去に戻るよりしょうがないでしょう(爆笑)? おれの状態として。ここで、威張《えば》ることはないけどね。……おれの会の客より、反応が鈍いね。そりゃそうだろうな(笑)。「おまえばかり聴きに来てるんじゃねぇ」って、言われればそれきりだもんね。中には、月の家靖鏡《せいきょう》(現・橘家半蔵)を聴きに来ているバカもいるだろうから、そりゃぁ、分かんない(笑)。バカと言っちゃいけない、義理と言わなくちゃいけないけどね(笑)。

え〜、だからねぇ、そのとき、あのう、『蟻の街のマリア』と言われた北原さんは、奇

跡を起こしているんですって。それを日本人は、信じられないからねぇ、

「あれはなんか違うんじゃないんですか？」

って、言ったらしいんだ。あれを奇跡だと、誰か一人でも二人でもねぇ、いてくれればね、いてくれればあの人もセントに成れたんだって。この話、誰から聞いたと思う？　あれに聞いたんだ、パウロ（ヨハネ・パウロ二世）に。嘘じゃねぇですよ、パウロと会って話したんですから、この間。うん、「よろしく」って、言ってたよ（笑）。ポーランドのね、あの、パウロ。おれ、ダチなんだ、あれと話して（笑）。

まぁねぇ、いろんな神様を、いろんなところから持ってくるねぇ。今は仏壇がねぇから、あのねぇ、神様みたいなものを買ってくるとね、みんなサイドボードの中にぶっこんできやがる。このあの、キリストのこんなになっている十字架、こんなになっているって、言うのも変だけど、十字架を置いとくかと思うと、側に東南アジアのこんなになった布袋様みてぇな（爆笑）、こんなになったのがいる。その隣にブラジルのこんなになった奴、ほら、あのう、オ××コみたいな（爆笑）、こんな……、こんなの置いといたりなぁ！　それで、大黒様を置いてさぁ。隣にサントリーオールドがあったりなんかして（爆笑）。なんだいこりゃあってのは、あるよ、田舎に行くと名士《そうい》のが。地方都市に行くとな。出て来てねぇ、

「お、談志か？　俺はもう、いろんなモンを知ってんだよ、お前《めぇ》よぉ、えっ？　俺は、もう、いろいろ知ってんだよ。談志や有名な奴を。梶山静六なぁ？　それからよ、織井茂子よ、うんうん。関敬六」

って、何だかよく分かんねぇんだよ（笑）。それと同じように、こう並べる。

それ、並べるほうは勝手だけど、神様だって人一倍自意識過剰だからな、神様っつうのはな。「天上天下唯我独尊」なんて、まぁ、神だか、仏だか、知らねぇけれど、言ったのもいるんだ、仏だね。だけど、面白くないよ、そりゃぁ。

「（四代目鈴々舎馬風の口調で）よく気持ちがぁ、あ〜分かるよ。ねぇ？」

何だか分かんない（笑）。とにかく……（笑）。

こういうおれの落語の形式、何ていうのかね？　これ、ほれ（笑）。〝バラエティー落語〟とでもいうのかな（爆笑）。そうなると音楽が欲しいね。

それでね、キリストの隣に、大黒様置いておきゃ、大黒だって、

「どけ！　耶蘇《やそ》」（笑）

「ホワイ？」（爆笑）

「この野郎！　どけどけ！　何だ、手前《てめぇ》は？　この野郎め、え？　どこから来たか、やい、俺を見ろ、俺は国産だぞ。大国主命《おおくにぬしのみこと》だって、そういうんだ。手前《てめぇ》みたいにこの野

郎、本当に。そんなもの、訳が違うんだ！」

「ノー、ノー、ノー、ノー。ユー、ミー、セイム、セイム、セイム」（笑）

「何が、『セイム、セイム』だ！」

「ユー、大黒。ワタシ外国」（爆笑）

「何言ってやがんだ、この野郎、手前《てめぇ》！　お前なんか木彫りじゃねぇか？　こんなになってやがらぁ。バカ野郎。血を出してやがらぁ、こんなに男のくせに。嫌な野郎。俺はなぁ、金無垢《きんむく》だぁ！　手前《てめぇ》は木彫りじゃねぇか、ざまあ見やがれ！」

「……見た目はな」

「何だ、『見た目』とは？　この野郎。『見た目は』だって、ふざけやがって」

って、腕ぇまくったら、鉛が出ちゃったりなんかしてねぇ（爆笑・拍手）。

『ぞろぞろ』へ続く

所詮この世の中なんてものは、作り物だ

一九八九年十月十九日　イイノホール
にっかん飛切落語会　第一六九夜『粗忽長屋』のまくらより

え〜、不愉快なんです、本当を言うと（笑）。……雨が降って、……雨は好きなんです。埃は立たないし、落ち着くし、いいですけどね。ひと月に一度ぐらいしか、落語を演っていないんでね。演ってないというのは、演る場所がないというのが合ってんでしょうね。どこで演ってもいいんだったら、庭で演ってもいいんだし、町で、道で演ったっていいんですけど、（月に）一回ぐらいしか、『ひとり会』ってところで演っているだけだから、で、『ひとり会』のお客というのはね、ここの客と違ってレベルが高いんだ、ずっと演ってると（笑）。高いというか、異常というかね。だから、そういうところで、こう、絡み合っているから非常に、数の上から異常なものが出来上がってね、そういうところにいるからね。一般のところで馴染めなくなっちゃった。あたしの欠点は、大衆に溶け込めないところにある（爆笑）。そういう訳で、雨も降っているしね、本当言うと、楽太郎（現・六代目三遊

亭円楽）が言っているように、来るのが嫌だったんです（笑）。でも、来ちゃったんです、ええ。

まず、客席が空いているっていうのが気に入らねぇんだ、これ（笑）。大概、出るときは、入っていたんですけれども、神通力がなくなっちゃったのか、それとも本質が分かっちゃったのか、知らないけれども、少なくなった。で、メンバー見たら、下手くそな奴ばっかり並んでいるからね、それからお客が気の毒になってね、最後のあたしを待つというのも、……苦痛でしょ（笑）？　早く出ちゃえば、あとを聴かずにドンドン帰れるでしょう、アナタ（爆笑・拍手）。それで、お終いによかったら、いてもいいけどね、いいという保証がないんだ、おれの場合はね（笑）。

圓楽（五代目）なんぞ下手くそですから、あの程度ですから、そこそこ聴かせることは出来るだろうけどね。ああ、とうとう「若竹」も潰れちゃったけどね（笑）。弟子がみんな喜んだっていうじゃないですか、あれが。ああ、結構なことで……。でも、まぁ、彼はマイナスはなかった。金銭的にもビルの値は上がっているし、それから、〝落語界に尽くした〟という非常に一般的な賛辞があるから、マイナスは何もない。現実にやったことは、効果は一つもなかったという（笑）、こういうことです。なんかあったかも知れませんな。

そういう訳でね、今、まだ、雨がドンドン降っててね、水が段々出て来たよ、うん、うん（笑）。おれ、今日長靴で来たの（爆笑）。いいね、久しぶりに長靴を履くというのはね。で、ここは雨でね、サンフランシスコは地震でね、大したニュースでもないのに、ガンガンやってね、ああいうの、嬉しそうだね。事故があると、あのう、ニュースの奴ら（笑）。

「（ニュースレポーターの口調で）人っ子一人、いないところです」

なんて、手前《てめえ》がいるんだよ、そこへちゃんと（爆笑）。

「燃えております。燃えております」

なんて、やってるとよ、あいつら、（ホテル）ニュージャパンのときもそうでしたよ。ボンボン燃えているのを、

「燃えてます。燃えてます」

って、やってんだもん。右に左に逃げているのを、撮ってんだもんねぇ。あれ、やがて、段々エスカレートすると、あの踏み潰されているとこへインタビューに行くんじゃないですかね？

「今、半分埋まっている方に、ちょっと一言訊いてみましょう（笑）。ええ、非常に動けない状態だと思いますが、どんな気持ちなんですか？　え？　ええ、苦しいですか？　あ、何と言ってんですか？　ええ、『オー、ゴッド』って、言ってますか？　ああ、そう

ですか。ああ、苦しいですか？　あの、東京のスタジオの江川さん、今、『苦しい』と言ってますが、江川さんにマイク渡します」

なんて言うと、

「江川さんが一番苦しかったときはどこだったですかね？」

「やっぱり、あのう、小早川にホームランを打たれた、あの時ですかね（爆笑）。あの苦しさは、地震の苦しさと似ています」

そんなことを言うのかね、バカバカしい（笑）。本当にねぇ、やりかねませんでしょう。

所詮この世の中なんてものは、作り物だと思えばねぇ、腹も立たないからね。もう、諦めちゃった、うん、うん。もう。もういいよ。そのうちに地震が来て、みんな潰れちゃうだけのものだろうから、そのときに生き残るか生き残らないかという、……それだけだ。

『粗忽長屋』って落語を、入るための（笑）、調整をしてるんだな、これなぁ（爆笑）。

『粗忽長屋』へ続く

おれが落語が上手いのは、神様がおれのことを守ってくれてるから

一九九〇年一月十六日　イイノホール
にっかん飛切落語会　第一七二夜『雑俳』のまくらより

え〜、……疲れてましてね（笑）。来るのにどうしようか、随分考えたんですがね（笑）。怠けて来ないんじゃないんです。責任感が強気の故に来ないんです、こういうところへ。それが証拠に、一件、断わったというか、時間的にはすっぽかしたに近いような状況でこっちへ来てるんです。

もうね、近頃、こういう世の中もう、キリスト教が崩壊するのも時間の問題じゃないですか、世界の二大ベストセラーのうちの資本論がもう崩壊しちゃったんだから。今度は聖書が崩壊するのは時間の問題だよな。いつパウロが投げ出すか？　うん。「キリスト教は間違っています。創価学会に入りましょう」って、いつ言うか楽しみにしている（笑）。

選挙、煩《うるせ》えねえ、まぁ。選挙なんぞ、あんなもの、汚いものなんですよ。キレイにやるっ

たって、そうはいかないよぉ。千葉県が一番いい例で、あんなもんなんですがねぇ。

なんか選挙が近づくと、こう、胸が疼《うず》くような痛むようなねぇ（笑）、妙な感じがねぇ、未だ残っている。もう、やりませんよ、あんなものは、わたしは、もう（爆笑）。あんなものはとは、軽蔑して、強がりでこう言っている訳なんですけれども。

つまり楽屋で何を言うかって聴いているのとね、この観客とのレベルの差に、今困っている訳、おれはね（笑）。観客だけ笑わすのは訳ないの。と、今度は楽屋が軽蔑しやがんの、おれのことをね。これは、難しいですよ、この、わたしの立場っていうのは、非常にね（笑）。

え〜、ねぇ、ほらぁ、バカにして笑っているでしょう、ああいうのね（笑）。

「（楽屋から圓蔵の声）手を抜くなぁ！」（爆笑）

手を抜くなぁ？　……ここでセンズリ掻いちゃうぞ。こん畜生（爆笑）。……あんまりそういう芸人いないねぇ？　出て来てねぇ、欠伸《あくび》したこともあるしね、くしゃみしたことも、咳したこともあるけどね、……おれ一度吐きそうになったことがあったよ、ここで（爆笑）。二日酔いで演ってた。それから、「ちょっと待ってくれ」って、言ったよ。忘れもしない。『黄金餅』って落語を演ってね、『黄金餅』の途中で楽屋行ってゲーゲー吐いてね。で、「お待たせしました」って、また演ったことがあるけどね（爆笑）。ああ、我ながら立派な芸人魂だと思ったね（爆笑）。……勝手なもんでね。

え〜、まぁ、「いい世の中だ」って、言うけども、基準がもうみんなぶっ壊れちゃって、一例挙げると、犬の毛皮を売ってたりするんでしょう？　三十何万だってさ。犬の毛皮って、言うと、犬が着る。犬の毛皮を着るんじゃない、犬が毛皮を着るのよ（笑）。北海道で寒いからっていうの（笑）。で、猫のお節料理っていうのが、一万八千円であったってねぇ、これ鯨岡兵輔さん、怒ってましたですよ。猫を食うんじゃないよ。猫を食うなら分かるんだ、おれ、一万八千円出してもいいと思うよ（笑）。猫っていうのは大嫌いだから、おれ、うん。

おれン家《ち》の庭に猫が遊びに来て、ニャーニャー鳴きやがったよ。ワンワン鳴けったって無理だけどね（笑）。それから、怒鳴り込んだ。「煩《うるせ》え！」て言ったらね、

「猫は、そう勝手ですから、それほど悪気はない」

「悪気はねぇもなにもあるものか、この野郎」

って、言った。それからねぇ、あのねぇ、秘かに密輸して持ってきた六連発の銃があるから、それでもって、バチンバチン撃った訳ですよ（笑）。ところがねぇ、空気銃だから、あんまりアイツ感じねぇんだ。それから今度は子供を産んでやがんから、今度は水をぶっかけた、ホースで、べェーとね。そういうことをしてんの、毎日（爆笑）。

一日、時間大変なんだよ。朝起きるとね。歯ぁ磨くのに三十分かかちゃうの、おれ。それでね、小便して権現様をお参りしてね。それでご飯を食うと眠くなっちゃうからね、寝て起きると銭湯やっているから帰ってくるともう夕方になっちゃうんだ（笑）。早いよ、一日終わるの（笑）。

何が言いたいのかって、いうとね、もう、こういう、その、何だか分からない基準をこっちで決めちゃおうかっていうのが一つね。なかなか個人で決められないから、落語家が決めちゃえばいいんじゃないのかな。落語家っていうのは、今まで喋っていた近代文明に侵されて、全部が、「昔は大変でござんしたねぇ」とかね、え〜、そんなことを言うからいけねぇんだ。頑として曲げない。それが証拠におれの女房が子宮がんで治った。治ったんじゃねぇんだよ。取っちゃっただけだからね、止めただけなんだ、早い話が、子宮を。治したっていうのは、元のようにするのが「治した」って、言うんですから。それは今で言うと医学の勝利だか何だかって、言うけど、おれはどうも産婦人科が治したとは思えねぇんだ、おれは。権現様が治したと思っているの、おれは（笑）。毎日権現様をお参りしているから。

今日も雪が降ったから、報告に行ったよ。権現様は知っていると思うけどね。とりあえず、「いい雪でござんす」と。権現様が治したっていう証拠は、今の科学だとか何とかでは説明出来ないだろうけれども。分かるもんか、そんなもの。一番説明してやろうと思った「資本論」がぶっ壊れちゃったんだから。マルクス、レーニンがぶっ壊れたんだから。

神様が説明……、今、自分の状態は、もう会話に終始がついていないってことの自覚はあるのよ、おれには（爆笑）。それはあるんだ。

だから、病気は神様が治したの。おれが落語が上手いのは、神様がおれのことを守ってくれてるから上手いのよ。圓鏡《えんきょう》は守ってないの、あれは神様が（爆笑）。あれ、キリスト教だから、あいつは（笑）。バカだねぇ、あいつは。キリスト教なんですよ。それでなんかねぇ、クリスチャンネームを持ってんだってさぁ。なんか、「クリスチーヌ・ルンペン」とかなんとか（爆笑）、そんなの。女房はベトナム人ですから……、また始まった。（袖に向かって）そうだよな？　本名「グエン・ションベン」っていうんだよ、あいつ、知ってんだから（笑）。娘は、「グエン・パンパン」っていうんですからねぇ。

え～、

「ご隠居さんは、なんですねぇ」

あれ、これ、おかしいなぁ。段々、形式が圓蔵に似てきちゃったけどね。悪い影響を持ったもんだ。サゲが、これ、四つありますからねぇ。四つサゲを演るからね。昔からあるやつが三つ。正式に言うと、昔あって今なくなった奴が一つ。それから、新しいと思って演っているけども、こんなバカバカしいのはねぇっていうのが一つね。これ、（五代目春風亭）柳昇が演っているやつね（笑）。それから、もう一つは、これはまぁ、今演ってもいいんじゃないかっていう、非常に古いサゲが一つ。それから、おれが考えたバカバカしいサゲっていうのが途中で入るからねぇ。

『雑俳』へ続く

人生に生きる自信のねぇ奴が学問する

一九九一年四月二十三日　イイノホール
にっかん飛切落語会　第一八七夜『金玉医者』のまくらより

え〜、だいぶ疲れてましてねぇ（爆笑）。今日は舞台、高座っていうと、なんかすぐそのクソが出たくなったりねぇ（笑）、眠くなったりするんです。登校拒否の子と症状がよく似てますな。

プログラムを見ると、ベテランが応援をして若手がたっぷり喋るという……、世の中にこのぐらい間違った発想はないと思うんですが（笑）。こんなバカなことをよくやると思って、おそらく観客は、「如何に下手だ」っていうのを楽しみに観ているんじゃないかと、そうでも思わなきゃ圓蔵の弟子なんか、別にその、何にも価値がねぇ（爆笑）。だから、いくつ間違えるとかねぇ。いくつトチるとか、そういうんで楽しみましょう。駒平（現・金原亭世之介）なんて、ただ落語演っているだけじゃない、あんなの。なんのリズムもメロディーもなんもねぇ。あのまま演っていって固まっちゃうとね、下手なりに固まるとねぇ、いまの（九代目入船亭）扇橋《せんきょう》みたいになるだけの話（笑）。よくなって、（十代目柳家）小三治でお終いですよ（笑）。落語の本質を取り違えて……、取り違えてんじゃない、みんなそう思って、おれだけ取り違えてんだ、数の上から言えば（爆笑）。ああ、酷いもんでね。

近頃ねぇ、睡眠薬をねぇ、睡眠薬っていうかなぁ、まぁ、安定剤ですがねぇ、……飲むようになってねぇ。……昔から飲んでいて、それを教えた弟子が圓楽なんですけどねぇ。あれは睡眠薬の弟子でねぇ、凄いよ、あいつの飲み方っていうのは、もう。〝飲む〟っていうんじゃないね、睡眠薬を〝食う〟って、言うんだなぁ（笑）。食べてやんの、あれ。「緩慢な自殺だ」って、言ってたけど、その割には生きているけどね。

あたしゃぁ、酒を飲むときにねぇ、酒を美味くするために、また、酔い心地をよくするために、睡眠薬をボリボリかじって飲んでいたの。徳川夢声がねぇ、アドルムかじりながら飲んでたっていう、それがどっかにあるのかも知れないね。

そのうちに今度はイライラしてねぇ、寝るために……、落ち着くために睡眠薬を飲むようになっちゃった。二度飲んだ。「ああ、よくないな」と思ってね。酒の肴に飲んでいるうちは健康だけどね、本来の目的に使うようじゃダメだね（爆笑）。落語ってそういうもんでね、あのう、夫婦なんて元々仲が悪いもんだから、だから「仲良くしなきゃいけない」って、言うんですけど、仲の悪いのが本質なんですから、それを「仲良くしなきゃいけない」なんて言うのは……。だから、あたしが『子別れ』の下《げ》を演らないのは、それなんですよね。

「両親二人が揃っているのは、一番いいのね」

なんて、うーん、そんなこと言っても今は、私生児のほうが増えてきている訳ですから、……あれ、私生児を認めちゃうと両親が困っちゃうから、二人ある奴が。だから、あれ、脅かしにかかるんでね。それだって、元々仲が悪いんですよ。仲が悪いと食えなかったりするから、しょうがねぇから仲良くしてるんですよ（笑）。だから、落語は見事にその辺の本質を突いている訳ですよ。ええ、だからね、まぁ、あたしは人情噺あんまり好きじゃないんですよ。まぁ、それはともかくね。

まぁ、努力……、努力なんて、もっと言うと学問なんてなぁ、あんなものは、アンタ、人生に生きる自信のねぇ奴が学問するんでしょう？　学問をしないと人生がおくれないぐらいだらしのねぇ奴が東大行ったりなんかするんでしょう？

おれなんか落語だけ出来ると思うから、どこも行けやしねぇ（笑）、暮らせると思うから。中にはもっと凄い奴が、落語を一つ憶えりゃ、それで済んでるって奴もいるわなぁ（爆笑・拍手）。生きる自信においては、向こうのほうが上だね、おれよりずっとね（笑）。

……圓蔵は偉かったのかねぇ（爆笑・拍手）。

そうなんですよ。昔の女はねぇ、学問なんてする訳ないですよ。彼らの言う学問っていうのは、知識を得るというほかに、……趣味でやるのは、別よ。数字をいじくりてぇの、やれその科学の薬品を扱いたいの、それは別。うん。

そういう言い方すればねぇ、あのう、あれなんかそうですよ。外科なんてのは、あれは切り刻むのが好きな奴なんですよ、あんなもの（笑）。それが医学とくっついただけですよ。産婦人科なんかそうですよ、あれはアソコ見るのが好きなんですよ、あれ（爆笑）。だって、アレを見るのが嫌いな奴が産婦人科になる訳がないでしょう、どう考えたって。それが医学と結びついただけ、それだけのもんなんですよ。どう考えたってね。

趣味でやっているのは別。だから、趣味で数字をこねくり回そうが歴史を調べようが、そんなものは小便を飛ばしっこしているのと大して変わらねぇからどうってことはねぇ。中にはそれをやっていることがイイことだったと思っているバカがいるから始末に悪いですね。いいことじゃないですよ、そんなものは。

世の中を全部反対に思えばいいんですよ。戦争だって、そうですよ、あんなもの。戦争なんかみんなそうです。普段に飽きているから、戦争やるだけなんです、あんなもの。如何に普段の生活が嫌いかっていうだけです、人間っていうのは。それだけのものです。

で、今、いっぱいいいそうじゃないですか、そのう、しなくてもいいのにゴールデンウイークになったら、あそこに行かなきゃいけない。チョコレートをバレンタインに配らなきゃいけないって、あれ、その強迫観念で、おれと同じような、国中全部そうなっちゃった（爆笑）。

ウチの倅なんか見事、何にもしねぇもん、ボォーッとウチにいるもんな。

「大して迷惑はかかってねぇだろう」

って、言うもんな、おれにね。そういうのがやっぱり素晴らしいですな、ええ（爆笑）。そういう状況になってね。今回の消費税ばかりじゃないですよ。だから、社会党はそこまで、消費税ってことでもって、なんか強迫観念があるから、それをこうやるために、ウワァーッと、とにかく騒いでないとおさまらないんだろうな。あれもやってる、これもやってるっていう。だから、インタビューが突き付けられると、「こんなことでいいんですか？」とか、なにが、「いいんですか？」、何にも分からないくせしやがって、よく言うよ。「いいんですか？」も。うん、なんか知らないといけないんだと思ってね、

「都知事はあれでいいんですかねぇ、鈴木（俊一）さんになったけど」

いいも、悪いも、いいじゃない。

「歳をとって出来るんですかねぇ？」

いいじゃねぇか、別に。うん、当人が「出来る」って、言ってんだったら、それっきりのもんじゃねぇ（爆笑）。おれ、志ん生師匠を見て年寄りだと思ったことがないよ。志ん生だと思っていたよ。

「チ×ボコが立つのかしら」

って、言うなら、いいよ、それはねぇ（爆笑）。「立たなきゃ出来ません」と、「あの人、妾三人いて。立つのかねぇ？」。それだって、妾が「立たなくていい」って、言ったら、それだけのものだよ（爆笑・拍手）。「舐め方上手いから、それでいい」って、言ったら、それで済んじゃう（爆笑）。どうってことねぇですよ、そんなもの。

じゃあ、一つ、聴いたことがねぇ落語を演ろう。ここへ来るとね、だってギャラは安いしね、別に何も（笑）。いや、金でなんか言う訳じゃないけどさ。自分の会のほうが大事だからね、おれはやっぱりね。

え～、あのう、今日は一つ病気の噺をする。

『金玉医者』へ続く

今日は、落語の講義をしてやる

一九九一年九月二十日　イイノホール
にっかん飛切落語会　第一九二夜『松曳き』のまくらより

え〜、待ってましたと言われると、まぁ、嬉しさ半面、重荷にもなるね（笑）。え〜、空席があるっていうのは何か不愉快だね、どうでもいいけど（爆笑・拍手）。誰だといっぱいになるのかね、まぁ、いいやぁ。少なくも、おれの落語を聴いて安らぎを求めようと思ったら、それは無理だ（笑）。大概気も狂わんばかりにおかしくなる。

なんの楽しみもなくなっちゃってね。もう、芝居観たって、映画観たって、野球観たって、何か読んだって、大概分かるし、食い物食いに行ったって、美味いものはないし……、おれより頭の悪い奴が作ってんだから美味い訳がねぇし、そんなもの（笑）。

しょうがねぇから、過去しかねぇから、どっかにまだ読みてぇものがあるかなとか、観てぇものがある筈だと、そんな暮らしをして、あとはもう、あとはボォーっとしてんの、うん。今、楽しみは景山民夫だけだ、おれにとっては（爆笑・拍手）。

一口に、あれは狂気に入っちゃっただけなんですよ（爆笑）。字が違ったんじゃなくて、気のほうなんです。で、どう違ったのかって、言うとね。元々人間なんて、どっかおかしいんですよ。ほっとけば死んじゃうんだから。そのくらいだらしのねぇが育っていくんだから、無理して育てているんですからねぇ。だから、無理しているんです。こういう暮らしを含めてね、みんな無理しているんです。だから、「無理だよ」って、言っているのが落語なんです。

本来なら、「作家も無理なんだよ」ってほうに、いなきゃいけないんだけどね。それを、直木賞貰ったり、……あんなものは胡桃沢耕史でも、青島（幸男）でも貰えるんですから大したもんじゃないんです、あんなもの（笑）。当人も知っているでしょうけどね、そんなのは。

で、一口に言うと、自分のやっていたことが、非常に不愉快だったんでしょう、景山は。だから、ある日、突然みんなと合わせて、洒落も分かるし、陽気だし、ちゃんとしてると思っているのが我々の判断で、彼の中は、あれ嫌だったんでしょうね。だから、分かり易く喩えを言うと、宮崎勤と同じような状況なんですよ、あれ（笑）。そうだったんですよ。あの姿が本当だが、どうだか、知らないけれど、あの姿で代表されることのほうが、今までの本を書いている状況より、彼は納得出来るんでしょう。だから、どんどんやればよろしいです。

さっきも、インタビュアーが来て、

「師匠のところへ来ましたか?」

って、言うから、

「おれのとこへ来ない」

と、おれのところへ来ないというのは、おれを無視しているなら納得出来るんだけどね。そうでなくて、あそこへ出すと煩いよっていう風に判断が出来たら、嫌《や》だな。だから、本来はどこでも出さなきゃいけないいんですよ。「一緒にやりましょう」って、石川五右衛門のところでもね。広瀬中佐のところでもねぇ(笑)。随分違うけど、そのいろんな……違うという意識は分かっているのよ、おれだって。え〜、そうなりゃぁ、面白いですよね。

だけど、逆に言えばねぇ、今、日本中キ×ガイ寸前じゃないですか？　あれをしなきゃいけねぇ、これもしなきゃいけねぇ、あそこ行かなきゃならないという、この強迫観念に、こうやって暮らしている。それを取っ払ったとしたら、景山は流行の先端を行ってるんじゃないかと思ってね。落語はその辺《へん》ちゃんと言っているじゃないですか。

「あの野郎、辰公《たつこう》の野郎、職人のくせにあの野郎、字を書くとよ」

「だから、仕事が拙いんだよ」

「そろばんも弾くとよ」

「だから勘定高《だけ》けぇんだ」

って、言うのはね、如何にもそろばんを弾くほうがちゃんとしてて、弾かねぇ奴はダメみたいに……、一応弾くからダメなようなことを言っているけどね、こういう風に昔は、なまじ出来ると悪く言われたんだそうですって、こういうテーマで喋る訳でしょ？

「あの野郎、字を書くとよ、職人のくせに」

「あの野郎、だから仕事下手なんだ」

「（柳家金語楼の口調で）ひどいもんですなぁ、昔はこんなことを言われたんですから、勉強すりゃぁ、職人は出来ないんでございます」

ってなことを言う訳よね。だけど、落語は見事に真実を突いていてね。そうなんですよ、字を書ける奴はいけないんですよ、職人で。そうなんですよ、字なんか書かない、仕事だけやってりゃいいんですよ。そういうものなんです。学問なんてロクでもない。

落語っていうのはね、あの、ありとあらゆる知識を集めてねぇ、「知識なんぞ要らねぇよ」って、言ってる稼業なんです。これ面白い稼業でしょ？　知識を集めて、知識は要らない。なぜ集めるかって、いうと、集めねぇと納得しねぇって事実があるからね。納得しなくて、ただこう、出て来てねぇ、知識も何にもなくて、何にもなくて、大してなくてね、「本当に知識なんぞ要らねぇよ」っていうのを観せられりゃぁ、これは最高だと思うけどね。なかなかそこへ行かないんだ、苦しがっているんですよ、おれも（笑）。

落語っていうのは。どれだけ非常識なフレーズを吐けて、その吐いていることが嘘でねぇなって、それだけのものです。うんそれだけのものなんです。そこからフレーズを送ってくる稼業なんですけどね。みんな中には、ここに来たがっている連中がいる。折角ここにいる連中が、このはぐれ者が。こんなところへ来たってしょうがないじゃないですか。中には、こっからはぐれ者を拾いに来る奴がいる。小朝みてぇに、不届きな奴だ、あいつらはこんなもの（笑）。三枝（現・六代目桂文枝）と言い換えても同じかも知れない。どれほど、ここにいられるかっちゅうことです。それだけが勝負です。

だから、なぜ落語がこんなになっちゃったかって、今日は、落語の講義をしてやる（笑）。それじゃぁ、あのねぇ、前はねぇ、娯楽なんぞ、とてもとても、労働してたり、一所懸命やらないと食えねぇからねぇ、とても娯楽の時間なんぞねぇんですよ。こんなことして、テレビを捻ってという訳にはいかないんですよ。やっと余裕があると出かけて行くんですね。ここではいろんな娯楽があるんですよ。女子供も来るから。ね？「常識を守らなきゃいけませんよ」、「夫婦仲良くしなきゃあいけませんよ」って、そういうのもあるの。それから、「親なんか蹴っ飛ばせ」っていうのもあるの。その中でもって、親は蹴っ飛ばすもんだってのを、こういうところでもって、本質が分かって聴いているのが、漱石とか永井荷風とか、ああいう連中はそこを聴いているの。そうでない普通の奴はねぇ、講談聴いたりなんかしてね、

「打ち上げますするは、元禄快挙」

なんてのを聴いてね、喜んだりなんかしている訳。今までは、よかったの、それで。ところが常識を、あれを作るものが、みんなここへ来ちゃったの、今のテレビというのはね、常識の綻《ほころ》び。だから、ここにいるだけが勝負になってきたんですけどね。それはみんな、ここんところへ来ちゃっているからねぇ。どうも、具合が悪いんで……、具合が悪いって、言うよりも、分かんなくなっちゃったんで。だから、ここで議論してたら同じですよ。どっちがいいか悪いかって、そんなの分かるもんか。中には、おれより圓鏡のほうが上手いって、言う奴がいるんだから、分かるものか（笑）、そんなもの世の中に。そう思ってりゃいいんですよね。

え〜、だから、人間なんてのは元々おかしい。そんなものです。さっき言ったように自信がねぇから勉強して、自信がありゃ勉強なんぞしないもん。そうだと思うね。趣味は言う通り別。だから、昔の長屋のおっ母なんて自信があるから、勉強しない。学問、いや、亭主を大事にするって学問はちゃんとしてた。それで、いいの。食えるんだもん。だから、自信のねぇのが……。

落語家もここに来て演っているって、いうのは、自信がねぇからなんですよね。家で演ってて大丈夫なら出なくていいんです、こんなところへ（笑）。うん、そうですよ、ここへ出て来るっていうのはどっか自信がねぇんでしょうねぇ。

「これは、みんなに聴いて納得してもらわねぇと、どうもいけねぇ」（爆笑）

なんて、……だらしがねぇもんで。

あ〜、そんなようなもんですなぁ。だから、人間の思考回路なんてのは、たまたまこっちが合っているってだけでね、向こうの思考回路が来ると分からんですよ。だから、全部肯定しちゃう。どっかでもって、やっぱり常識っていうのは守らなきゃ困ると思うからねぇ、あたしなんかやっぱり、これはもう大変だ、思うことが、あっち、いろんなことを考えるから、寝るたんびに気になるから書く訳ね、これね、メモ。とにかく『紙屑屋』みたいにメモがこんなになっちゃうの。落語のことを書いたりねぇ、それから自分なりの哲学みたいのを書いたりね、いいフレーズがあったりするの。朝になったら大変だよ。

「哲学はぁ〜、哲学ぅ〜。メモはメモ」（爆笑）

とにかくねぇ、これがこんなにあるよ。もう完全に頭おかしいですよね。ああ、すぐ忘れちゃう。ああ！　だから、書いている。

『松曳き』へ続く

解説というより賛美だな

一九九二年一月二十一日　イイノホール
にっかん飛切落語会　第一九六夜『勘定板』のまくらより

今、久しぶりに橘家圓蔵師匠の落語を聴いて、「結構なもんだ」と思いました。あんまり誉めないいんですけれども、見事に無駄がないというか、自分に忠実であるっていうのか、全部聴いた訳ではないいんですけれども、全部聴けば時間的にも腹が立つと思われるけど（笑）。

え～、圓生師匠になるとね、あんな威勢のいい、逞しい『死神』じゃぁない。如何に『死神』だからという、で、『死神』らしいのを出してくるっていうんだけど……。しかし、『死神』だから、「こういうんだろう」という概念にとらわれない了見というのは（笑）、……そこまで知能が回らないのかどうか分からないけれども（爆笑）、ありゃぁやっぱり「凄いな」と思いましたですね。ええ、余分なことをしない。で、連れ込まれて……、落語家のあとに上がって落語の解説をするっていう落語家はあんまりいない（爆笑)。え〜、解説というより賛美だな。

「(六代目三遊亭圓生の口調で) ああ、成程、人の命ってぇものは、はぁ、まぁ、蠟燭みてぇなものだといいますが、ここに燃えているのは、何です?」

って、こう言うと、

「はぁ〜、これが因縁だなぁ、お前。これだけのあるところへ……」

まぁ、ここまで言うかどうか分からない。

「ここへ目がつくというのも、何かの因縁だ。これ、お前の倅だ」

「えっー、暫く会っちゃいませんが、元気ですね」

っていう、そこへ、「目がつく」理由を言うんです、ちゃんとね。すると脇に、

「これはお前のカミさんだ」

そこへ行くまでに、偶然でない……、偶然であるけれども、そこに因縁だということを、ちゃんと説明するんですね。……見事にしないですね(爆笑)、スポーンって(爆笑・拍手)。いやぁ、本当ですよ。そういうものにとらわれていっちゃうんですよ、段々、伝統芸っていうのは。とらわれているうちに、そのとらわれた部分にこだわって落語がダメになっちゃうんですよ。

それから、最後くしゃみで消しちゃいましたけどね、あれ、あの、ウチの(立川)志ら

くって奴がなんか、これもやっぱりついちゃってね、「第二の人生だ」ってんで、「ハッピーバースデー」って歌って、フッと演ってましたけどね（笑）。おお、いろいろある。あれ、小三治あたりだと、「風邪ひいてる」っていうのを、前に振るでしょう、ストーリーの中で。「風邪ひいてるから」って、一切言わないで、シパーンって演るねぇ（爆笑・拍手）。

あれなんですよ。あの度胸がねぇ、度胸というかなぁ、もっと言うと、ああいうのを小三治だとか、圓楽だとか、そういうのが演らなくちゃいけないいんです。ええ、いけないんです。つまり、自分が出来上がったものに対してねぇ、いても立ってもいられなくて、どう狂うかといったら、何かもっと探せりゃいいですよ。落語を探せりゃ、「ああ、これはこういう不安」だとか、「こういう部分」だとか、常に落語に対して、おれみたいに不安を持っている奴が演るの。これを芸術家って、言うんです、分かり易く言うとね（爆笑）。そうでないと、その状況に満足しちゃうとあとはもうしょうがないですよ。

だから時間がとにかく埋められないから、芝居を演ってみたり、片一方は講演に行っちゃったりねぇ。もっと分かり易く言うと、志ん朝と圓楽のことを言ったんだけどね、分からなきゃ……（笑）。あれだけですよ。空間をああいう状況で、つまり、分かり易く言えば、圓蔵を見習えっていうことになってくるんでしょうね、あの、古典落語家はねぇ。

これで、見事に影響されないもん。この間、志ん生師匠の『三年目』ってのを聴いて、それからもう一本あったかなぁ、何だったかなぁ、何か聴いたよ。『三年目』とねぇ、『千両みかん』。いや、酷いのなんのって、下手ったって、なんたってね。みんな、なんぞというと、「志ん生は上手い、上手い」って、言うけど、『火焔太鼓』だとか、ああいうのは面白いけどね、なになに堪らねぇよ、『芝浜』なんぞ聴いたら。

「(五代目古今亭志ん生の口調で) この金を懐に入れて良いか悪いか……、善と悪との二筋道」

なんて、冗談じゃない (爆笑)。そのくせ、落語はそういうこと演るでしょう、志ん生師匠はね。ええ、だから、ああいう噺まで持っていっちゃうってことは、凄くこれから彼の楽しみの部分が出てくるんじゃないですか、自分自身でね。ええ、そう思っているんですよ。

(袖に) 誉めたろ (笑)? どうでぇ、うん。いや、誉める約束で来た訳じゃないんですけどね (笑)。非常に素直なんです。で。三日ぐらい経つと、「あれ、間違っていたんじゃねぇかなぁ」って、なんて思ったりなんかしてね (爆笑)。まぁ、いいか。

ジョークが人生、本当なんですよね、おれに言わせると。ジョークが本当で……、本当ってのは、捻じ曲げた世界だと思っているから。もっと言うと、落語が本当なんですよ。本当なんです、だから捻じ曲げられた常識という名の世界にいる奴らは、どうも面白くないから落語を聴くんですよ。夢で満足するんですよ。覚醒剤打ちたがるんですよ（笑）。随分、飛躍してるけどね。ヤクザが好きになるんですよ。そういうことなんですよ。手品が見たいんです。イリュージョンの世界に入りたいんですよ。

まともじゃ暮らせないから、歪めてこういう常識を作ったんでしょう？　ねぇ？　その常識に堪らないから、あのう、世間で言っている非常識という状況、これは元々そうなんですから。そこへ行きたがるんでしょう？　とにかくいろんなものを作るんです。そのうちに疲れちゃうと元へ戻ってボケちゃう。これだけなんですから……。だから、ボケがホントなんですから、あれ。

ボケで悪いところ、一つもないですよ。恍惚としてるって、言うんだから、当人が。どこが悪いんですか？　動物と同じですよ、時間を忘れて、その状態に没頭しているんですから。イイじゃないですか、迷惑するのは周りだけなんですから、別に驚きゃしない（爆笑）。それで、イイんですよ、ありゃぁ。

何を言いたいかというと、元々、こっち……、落語が本当でね。だから、向こう側の、マジと言っている世の中の常識が、あれ、歪めたもんですからねぇ、あんなものは。だから、元々本質で言うんじゃなくてねぇ、本質と言っているのは嘘なんですから、ジョークで、言うべきなんですよ。そういうのが分からないんですよ、うん。だから、分からない。分からないことはないと、やはり日本人の伝統と現実の上では言えないんだということを、分かってないってことですからね。まぁまぁ、いいや、そういう話があってね。

だから、オーストラリアで車買ったら、初日、……初日って言うのは変だけど、買った日に壊れちゃって、文句言いに行ったら、

「これはアンタ、新車なんですから、いろいろ壊れるんですよ。それを直して一人前にするんですからアナタ」(爆笑)

そっから、攻めてくればいいんですよ、だから。共産党もそっから攻めてくればいいんですよ。自民党に対して、

「自民党よ、失礼な奴だ。我々が作った根多を盗んだのは、あいつらじゃねぇか」

と、

「我々が作った、組み立てたこの社会システムを自民党がやっちゃったんだから、泥棒だ」

って、言えばいいじゃねぇですか。ねぇ、自民党は根多を盗んだんですよ。共産党のやることを、自民党がやっちゃったんですからね。そういう発想はしないですねぇ。

もうソビエトのジョークも出来なくなったから、お土産に……、お土産ってほどじゃないけども、おれの好きなジョークはね、ソビエトを旅行している西側のジャーナリスト

が、ひっくり返っちゃって、「輸血しなきゃダメだ」って、いうんでね、その頃の話で、同じ輸血するなら、分かんねぇんだから、なるたけ共産党の血の濃い奴の、幹部の血をぶっこいちゃったほうがイイだろうって、いうんで、血ぃ入れて、治ったら、急に共産党の悪口を言い出したって噺があるしね（笑）。

まぁ、こういうジョークを演ってたんでしょうね。西側のメルヘンは、「昔、昔、あるところ……」から始まる。ソビエトのメルヘンは、「きっと、いつか」から始まるっていう。それもこう、崩壊して、どういう、これからジョークが生まれてくるんですかねぇ。分かりませんがねぇ。

『勘定板』へ続く

並の頭で理解しようと思ったら無理だよ

一九九四年七月二十日　イイノホール
にっかん飛切落語会　第二二六夜『代書屋』のまくらより

え〜、落語を一席演る前に、暫し金日成《キムイルソン》の冥福を祈りたいと思います（笑）。

名前を立川談志《イーチョンタンシー》と申します（爆笑）。あとは、もうミサイルがいつ来るかが楽しみでね。

……いろんなことを言うから、おれなんぞ、やられるね。

「韓国から大統領が来るって、いうから、どんな奴かと思ってみてたら、朝鮮人じゃねぇか」

なんてなことを言うからね（笑）。あー、これはどうにもいかん。

「見れば見るほど可愛い子。して、父《とと》さんの名は？」

「あーいー、雷五郎」

「母《かか》さんの名は？」

「稲妻ひかる」

「そなたの名は？」

「鳴門お鶴（鳴ると落つる）」

うーん（笑）、え〜、別に（笑）。この差に驚いている訳？　黙とうと、金日成と、阿波の鳴門の差が理解出来ないってことですか（爆笑）？　なんでもいいけどねぇ、並の頭で理解しようと思ったら無理だよ、おれの落語は（爆笑）。こんな分かんないことを言うんだから。

分かるのは訳ねぇですよ。

「浮かねぇ顔してんなぁ？」

「泳げねぇんだよ」

なんて言うの（笑）。

「なぜ逃げるんだよ」

「話せば（放せば）分かる」

なんて、なんだか分かんない（笑）。……このレベルの客かぁ、なんだぁ（爆笑・拍手）。ジョーという名のザーメンがいたそうな。今、ザーメンが少なくなっちゃったんだってねぇ。中にはねぇ、卵子の側に行くと逃げちゃうザーメンがいるんだってねぇ。失礼なもんだね。これはよろしくないと、

「ザーメンっていうのは、受胎するのが我々の使命だ。そのために生まれているんだから。とにかく卵子にしがみつかんといかんぞ」

と、常に彼は周りに言ってたそうな。
「そんなこと言ったって、周りにたくさんいるんだから、よしな。無理するな……」（笑）
「それがいかんですよ、おまえたちは」
と、常に言っていたそうな。
ある日、性衝動が起きたから、ガバーンと一斉に出て、ジョーは普段からそう言っているから、もう、真っ先に……、うーん、……ザーメンの演技を未だ演ったことがないもんですからね（爆笑）。古典落語にねぇんだよなぁ。大阪に『手水廻し《ちょうずまわ》』ってあるけどね（笑）。真っ先にかき分けかき分け行ったそうだよ。暫くしたら、後ろから声が聞こえる。
「今のは尺八だったぞぉ～！」（爆笑）
うーん、これだ。……これ、フェラチオって、言ったら、面白くないでしょ？　やっぱり、これ、尺八でなきゃ面白くないでしょ？　と言って、
「今のは、オ××コではなかったぞぉー」（爆笑）
って、言うのも、面白くないでしょうなぁ（笑）。やっぱり、これは難しい問題ですよね。落語なんぞ、何だっていいんだ。「何だっていい」って変だけどね、あのねぇ、……昨日の『居残り（佐平次）』はよかったよ、池袋の。あれ、聴いとかなくちゃいけねぇ。そんなこと言ってもしょうがないけどね（笑）。たまたまよかったから、そう言っている。酷《ひで》えと

きは酷ぇもんな。もっと酷いと行かねぇんだからな（笑）。え〜、そんなもんだね。

あのねぇ、落語を上手く演るなんてのはね、そんなのはね、上手く出来るんですよ、そんなもの。上手いんだから、おれなんか（笑）。上手く演るってのはねぇ、そこそこ小さん師匠みたいねぇ、落語のチョイスというか、そういうのが上手くてねぇ、そこへなんか人生のタイミングみたいに入れれば、上手くなるのよ、そんなもの。見えるの。うどん食いながら、ニヤッと笑ってみたりね（笑）。それが演っているのが、そこそこの落語家っていうだけなんですよ。（三代目桂）三木助師匠は違いますよ。そこに、見事なフレーズが入りますからねぇ。

「貴様、血煙をあげてくれん！」

「血煙はご勘弁を。ほかの煙と違いますから」

なんていうね（笑）。見事なこのフレーズ作りがある。あとの落語家は、みんな、ただまとめているだけなんだ。屁みたいなもんなんだよ。おれは、まとめるのに飽きちゃって、まとまんなくなっちゃったんですよ（爆笑・拍手）。まとまらんですよ、そんなもの。

『代書屋』へ続く

おれの場合は利口ぶった利口なんだ

一九九七年九月二十五日　イイノホール
にっかん飛切落語会　第二五三夜『疝気の虫』のまくらより

ああっ（いきなり倒れこむ）、ああ、はぁ～（爆笑・拍手）、（がんが）こんなに騒がれるとは思わなかったんですよ。そりゃぁまぁ、あたしの存在価値ってこともあるんだろうけどね（笑）。がんというものがそれだけやっぱり、みなさんの中にあるんでしょうなぁ。大したことはないんだねぇ。行ったら、「がんだ」って、言うから、「あぁ～、そうかな？」って思ってねぇ。死ということはあんまり考えないのかなぁ。

おれは狼狽《うろた》えると思ったんですよ。普段、大きなことを言っているからね。こういうのに限ってね（笑）。意外に狼狽えないんだよね。これ以上、何て言うのかなぁ、良いことは、いや、おれにとってはあると思うよ。まだ、落語もよくなると、おれは思うよ。それはもう、小三治とか志ん朝はあれでお終いだから、もうどうにもならない（爆笑）。あとは（二代目古今亭）圓菊とかナントカと、おれの場合は狂気を伴っていろんなものを、可能性はあるわな。良い悪いは別としてなぁ。だから、「アンタはあるよ」と言われても、納得するけどね。だけど、それを含めてねぇ、六十一だよ、もう、……あとは未練よ。未練。全部未練。

それがねぇ、三十二、三とか、また四十ぐらいで、「子供がやっと幼稚園だ。小学校だ。子供二人いるのに、どうの……」ってときに、そこの亭主なり女房ががんになって、「あとが……」って、言うときになったら、ありとあらゆる文明を使って、その延命策に、または、そのために、この使うという行為は、おれは……、このために使う文明は知性と言っていいけどね。六十過ぎているのに使うのは、おれ、知性じゃねぇな（笑）。欲望だな、これは（笑）。うん。と、思うよ。

だから、生きることはいいってことが前提になっちゃったんだよ。七十ぐらいで死ぬと、「まぁ、十年早かったですねぇ……」

なんて、言ってんだよ。生きることはとにかくいいことだから、そのためにありとあらゆる全部許される。生かすためにっていう風になってね。それが非常に如実に分かった疑問だって、嘘だっていうのがね、歳とっていいことなんぞ、ないよ。言っておくけど。

「歳をとって見る月が違う」

なんて、嘘つきやがれ（爆笑）。未練だよ、そんなもの。歳をとりゃぁ、ねぇ、シミだらけになるねぇ、ブヨブヨになる、チ×ボコは立たない（笑）、それは……。

無駄口ってのは、歳とった女のあそこだって話があるんだけど、それはこっちに置いといて（爆笑）。

がんで助かってきたのよぉ～（笑）。これを売り物にしよう。なんか苛められると、「おれ、がんなんだよぉ～」（爆笑・拍手）

歳をとって、よくなる訳がねぇよ、そんなもの。本当にそう思うよ。みんな嘘をついているけどね。

で、まぁ、病院に行ったんですけどねぇ。おれ、我儘《わがまま》だからねぇ、最初に言ったの、「怒鳴り散らすからな、とにかくね」（笑）

「それから、午前中は側に寄らないほうがいいよ」

とかね。それで、貼り紙しといたの、

「怒鳴っているのはおれが原因なんだから、心配するな」

とは、言っておいたけどね。

で、何で見つかったかというとね、ここだけの話なんだけどね、うん。他へ行って喋んなよ（爆笑）。

あのね、前×（病院）。あそこへ入るって、言ったらねぇ。まず、ある代議士のところ

の秘書がねぇ、

「殺されちゃうよ、あんなとこへ行くと」（笑）

別の代議士、

「殺されるぞぉ」

あの、不良の奴が、

「殺されるぞ、おまえ」

……あのね、逸見さんがねぇ、あのう、逸見（政孝）さんって、あのう、アナウンサーがいたろ？　痩せちゃったって、痩せるよな、そりゃぁなぁ（笑）。変な表現だね、痩せちゃったアナウンサー。あれが、あんときにねぇ、前×が割と不当な叩かれ方をしてたのをね、おれ、関係ないんだけど、弁護したんだよ。したら、向こう喜んで、それで、付き合いが出来てね、で、行くとね、胃カメラ飲むのね。普通、こぉう飲むのね、あそこはね、麻酔で入れてくれるの。

それが堪らねぇんだよ、おれにとってね、こう（爆笑）。いや別に不当じゃないですよ、医学的にあのう、つまり麻酔して飲ませる訳ですから。

（猛獣の）豹なんかねぇ、豹に回虫がわいたって診せたら、あれもやっぱり麻酔銃でやってましたよ（爆笑）。そりゃ、そうだね、豹が……、豹をこう（爆笑）、……ね？　堪らねぇんだ、いい気持ちで、クォーって来るんでさぁ。で、時々行く訳だよ。「また来たね」って顔するんだよな（笑）。で、いつも診てんの。で、なんぞというと見に行くのが好きなんだよ、エムアールなんとかって、こう、カチャカチャ見に行ったりねぇ。いろんなの見て実験するのが好きなのね。

だから、いろんな薬やったりね、いろんなことをしたりするの、好きなの。したら、見つかったらしいんだな。本当だか何だか分からないけど、「がんだ」って、言うんだよ。前もそうだよ、

「腸を覗いたら中にポリープが二つあったから取っておきました」

なんて言いやんの。

「ふざけんなこの野郎、ポリープはおれのモノだ」

って、よっぽど言おうかと思った（爆笑・拍手）。『大山詣り』を思いだしたね、

「屁はおれのモノだ、この野郎」（笑）

それでね、まぁ、順に行くと、それで分かって、「（手術）やりますか？」って、言うから、「どうでもしてくれよ」って、言ったの、うん。「いいよ」って、まぁ。分かり易く言えば、扇子《こんな》ものを入れて、かき出したんだね。もう、あの、意識があったりなんかするとね、もうそのときは、もう、早い話、食道ってのはちょっとやっても全部取るんだって

ね。はじめて分かった、おれね。そんなの知らねぇもん。全部取るんだって。取って喉と胃袋をくっつけちゃうんだって、こうやってさぁ。……喉から下はすぐ胃袋（爆笑）。『雑俳』にもならないね、これじゃぁね（笑）。それで、くっつけるんだってさ。三枚に下ろされちゃうらしいんだけど（笑）。

おれの場合は、こんなところで、引っ掛けて取ったんだって、日本一の先生だって、言うんだけどね。当人がそう言ってんだろう……（爆笑）。

大体信用しねぇんだ、おれは、本当言うと。自分を含めて信用しないんだ、おれは。大体医者なんてのは、あの、……病院ってのは医者のためにあるところだしね（……笑）。国会ってのは、国会議員のためにあるところだしね（笑）。学校ってのは教師のためにあるところがある、間違えちゃいかんですよ。その対称に、国民とか、患者とか、生徒がいると、そう判断したほうが分かり易いですよ。

それからねぇ、やっぱりねぇ、診られるほうは心配でしょう？「ここのところが、どうだ、なんだ」って、向こうの言うこととのギャップが出るのね、当然ね。そのギャップに対して悩んだりする訳。まして、それに死が絡めば、当然悩むよね。そのときにやっぱり患者が第一だから、こっちが教えてやんなきゃいけないよね。いけないんだけども、向こうに言わせると、「その通り」なんだけど、なかなか興奮しているし、家族もそうなっているし、パニックになっているからって、言い訳があるけどね。本当に分からせたらね、医学はね、その需要と供給のバランスでぶっ飛ぶね（……笑）。分からせねぇほうが数の上から安定してんね（笑）。うん、ちゃんと分かるように、全部説明したときに、今度は庶民がずのぼせてくるよ。

「先生さぁ、こんなことを言ったではねぇか、オマエ。そのくせこんなことになって、何してくれてるんだぁ」（笑）

医者、参っちゃうよ。だから、何が言いたいのかって、言うとね、

「治りたくて必死になっている奴だけ相手にしてろ」

って、言った訳、おれは（笑）。「庶民なんぞほっとけ」って、言った、医者に、おれ（笑）。おれ、本当にそう思うんだ。街なんぞ、歩いていたって、コイツ生かしておいたほうがいいと思う奴はほとんどいねぇもんなぁ（爆笑・拍手）。どうやって、人間を殺そうか、そればっかり考えているんだ。真っ先に（がんが）おれのところに来るとは思わなかったから、こっちは（笑）。本当にまぁ、青島に移してやりてぇと、つくづく思ったねぇ（笑）。ありゃぁ、東京都のがんだからな、あの野郎な（爆笑）。おれはまだガンモドキ程度だから大したことがない（笑）。

それが一つでした、やっぱりね。だから、本当にこういうのしか相手に出来ないと思

うよ。向こうのその現実はよく分かんないんだよね。それから、今、言った通り、嘘だよ、六十まで生きるというのは欲望。知性じゃない。手塚（治虫）先生をごらん。手塚先生は、どれほどこれから、「十年生きたって素晴らしい作品を残せただろう」と、誰しも思うよ。手塚先生、亡くなっているもん、六十歳で。あれ見たらねぇ、おれたちがグズグズ生きている場合じゃない（笑）。手塚先生よ。もう、日本中の命を半分ぐらいやったっていいと思うような人が（笑）、死んでんだもん。それに比べりゃぁ、おれなんぞ、本当に、そう思うよねぇ。本来はここで喋るよりもねぇ、圓楽やなんかに聞かせなきゃいけない言葉なんだ（爆笑・拍手）。あいつらのことを言うんだ、「馬齢を重ねている」って、本当にその通りだね（爆笑・拍手）。まぁ、いいさぁ。

おれは何も、「鰻が食べたい」とか、「天ぷらが……」、そういうのないの。ただねぇ、「チャーハンが食いたい」とかねぇ、「ご飯が食いたい」とか、そういうのはあるのね。「酒は?」って、言うと、「ダメだ」って、言うんだよね。「ダメだ」って、言うのは楽だよ、そんなもの。ダメだって、言えばいいんだから、医者がさぁ（笑）。そこを飲ませるのが医者じゃねぇかなぁ（爆笑・拍手）。で、

「酒、やめますか?」

って、冗談言うな。大した酒飲みじゃないけどね、「酒、やめるか」と。大体言っとく

けど、酒をやめるか、タバコをやめるって奴は、意志の弱い奴だよ（爆笑）。本当に強い奴はやめるものか、そんなもの（笑）。

ついでに言うと、昔は肝硬変も何もなかったのよ。ないですよ、肝硬変だとか、そんなの。〝大酒飲み〟って奴がいただけなんだよ（爆笑）。それが長く生きたか、早く死んだかだけの話なんだよ（爆笑）。

どんなときだったら、飲むだろうってねぇ。ザーキーにね、……ザーキーってのはこれは符牒だ、気障にね、言ってみたんだよね（笑）。例えば、……例えば何だろうねぇ、ワイルダーがねぇ、ワイルダーが来てさぁ、うん、

「JBのソーダ割りを飲みたまえ」

って、言われたら、おれは飲まなきゃ今日《こんにち》の自分の説明がつかないもんね。あのビリー・ワイルダーがねぇ、……あたしゃぁ、昔からJBのソーダ割りを飲んでたのね。もちろん、昔からって、サントリーのこれしか飲めないときは別、いくらかよくなってきてから、……世の中がねぇ。そうしたら、あるときねぇ、ワイルダーがねぇ、そのグルーチョ・マルクスに会うの。するとマルクスがねぇ、いきなり酒談議が始まったのかなぁ、で、ビリーに、

「君、JBのソーダ割りを飲みたまえ」

って、これにぶつかった訳だよ。「おれは合ってた」ってんでさぁ、ビリーとグルーチョが言っててんだからって、おれはもう嬉しくて堪らない訳。そこで生きているから。だから、それが来たら、飲まざるを得ないだろうな。胃がこんなになろうが、食道がこんなになろうが、飲むだろうね（笑）。そういうのあるじゃないですか？　例えば、スッと（フレッド・）アステアが病室に入って来て踊りながら、ポーンとグラスをパッとやって、ワインを注いで（笑）、……飲むよな（爆笑）。ジーン（・ケリー）だって飲むだろうな。飲むよ、ドゥドゥドゥドゥディティ、デュ〜って、来たら、飲むぜぇ（爆笑・拍手）。

なに、ジーンばかりじゃないよ。

「（五代目古今亭志ん生の口調で）おまえはねぇ、がんなんぞ、どうでもいいからねぇ、えぇえぇぇ（爆笑）。酒飲まなきゃダメだよぉ」（爆笑・拍手）

ええ、飲むよな。やっぱりそういうところで生きているんじゃないですか、ああ、そんなような気がするんですがね。

え〜、あと何か相談があれば、いつでものってあげますから（爆笑）。

ついでに言っておくが、おれはねぇ、……〝利口ぶったバカ〟っているんだ、いくらもな。あんなの軽蔑するのは訳ねぇんだ。おれの場合は、〝利口ぶった利口〟なんだ（爆笑）。なっ？　変に物事は知っている。ロジカルだしな、〝利口ぶった利口〟ってのは、もう、軽蔑する理由が見つからないから、腹が立つわなぁ（爆笑）。だけど、嫌だよなぁ、とっても嫌だよなぁ（爆笑・拍手）。命がけで、〝利口ぶった利口〟の、このバカさ加減で、おれはどこまで生きられるかって勝負してるんですよ（笑）。

『疝気の虫』へ続く

今日の落語のテーマは、思考ストップ

一九九八年七月二十七日　イイノホール
にっかん飛切落語会　第二五八夜『やかん』のまくらより

え〜、国が、「よくならない。よくならない」なんて、ん……じゃぁ、本気でもって、じゃぁ、じゃぁ、独立国に基地があるってのは、おかしいから、それじゃぁ、……グズグズ言うならアメリカにかけあいますからね。で、アメリカが引っ込めばいいけど、もし帰らないでもって、「さぁ、来い」って、言ったときに本気でやる気があるのか？ って、言ったら。日本人、何にもないだろうね。とにかく少なくも生きてる。〝死〟から逃げちゃう。現在をとにかく、自分を考えるってことを一切しないで、全部逃げている。ただ、はしゃいでないともたないから、はしゃいでいるってだけでね。「本気でやる気があるのかい？」って、言ったら、見事にそのリスクは背負わないね。うん、言っておくけどねぇ。いや、こんな話をするつもりで来た訳じゃないんだけどね、別に（笑）。

分かり易く言うとね、タバコを喫《す》って平気で車の窓から捨てる奴がねぇ、火事になった奴だけ文句を言ってねぇ、「ありゃ、火事にしちゃいけませんよ」なんて言っているに等しいよ。本当だよ、そんなもの。世界の半分飢えてるじゃないですか。三分の一は飢餓寸前にいるんだもの。こんないい……、あと何が欲しいのかね、一体？　まぁ、きりがないけど人間の欲望ってのはね。うん、だから、北朝鮮あたりから本当にミサイルが自棄《やけ》になって百発ぐらい飛んで来りゃぁ、いくらか目覚めるんじゃないですか（笑）。

ミサイルの千発なんか飛んで来たって驚かないから、あんなものね。いや、今の奴は驚く。おれなんか驚かないよ。焼夷弾がこんなに降ってきたところを右に左に避《よ》けてたからねぇ、おれは（笑）。その頃、〝焼夷弾避け棒〟って棒を売ってんだよな。それで、来ると、パチパチパチパチパチパチって弾く（笑）。うん、はらい損なっちゃった奴は、刺さっちゃう訳ですからね（爆笑）。

要らないよ、渋谷なんぞ、落っこって、あんなもの全部潰れたっていいや。池袋も要らねぇ、新宿も要らねぇ、あんなもの（笑）。……北千住は、何か可哀想だから置いといてやってもいい（爆笑）。

（客席から、携帯電話の呼び出し音）

電話だよ（笑）。……そんなに忙しいなら、来なきゃいいじゃねぇか、まったく（爆笑・拍手）。電源切れよ、本当だよな。……実は火事で家が丸焼けだったり（爆笑）。それを願うね、おれはね（笑）。生涯イイだろうね、談志の落語を聴いてるときに、携帯電話を鳴らしたために火事で家が丸焼けになっちゃったってのはね。おれの自慢話になるね（笑）。ざまぁみやがれぇってのね（爆笑）。

今日の落語のテーマは、思考ストップっていうテーマで落語をおっ始《ぱじ》めるからな。所詮、思考ストップだよ。おれ、近頃段々分かってきてね。おれは、モーゼだから、落語の最後を見届けにこの世界に入って来た……、世の中に降りて来た奴だからな（笑）。それで、もうね、近頃ね、やれ、小室直樹も、岸田秀もあるもんか、そんなもの。アリストテレスを超えちゃった、おれは、もうね（笑）。おれは、完全に。だけど、もっと言うとね、ニュートン、デカルトあたりから間違って来たんだからね。なぜ、間違って来たかというと、……これから落語になるんだから、大変な落語だぞ、これから聴くのは（笑）。帰る奴は今のうちに早く帰っちゃったほうがいいかも知れないよ。みんないなくなりゃ、おれもいなくなっちゃうだけの話なんだけどね（爆笑）。

それでだな、……何なんだ？　〝だな〟っていうのは？　うー、何て言ったらいいかねぇ。一口に真実なんて、ないよ。ない。真実があると勝手に決めたんだ、あの西の文明がな。そうしないと、その、自分たちが入って行って、そのう、統一出来ないからな。そのバックにキリスト教があるだけで、嘘、真実なんてないよ、そんなもの。ある訳がない。そ

(客席の声　「それが真実だ」)

あぁ、う〜ん(……爆笑)。……まず、こういう場合はね、まず客《これ》を相手にすべきか、相手にすべきじゃないか(爆笑・拍手)。非常に難しいもんだよね。だけど、今、フッと相手にしたら、「そうだ、それが真実だ」って、おれの言っていることをこうして、肯定してくれたんなら、おれは良しとしなきゃいけないけどね(笑)。だからといって、ここで言わなきゃならないほどのセリフじゃないけどね(笑)。うん、まぁ、いいや。

『やかん』へ続く

とにかく弱者の意見が全部通っちゃうんだ

二〇〇〇年一月二十四日　イイノホール
にっかん飛切落語会　第二六七夜『洒落小町』のまくらより

【噺の前説】横山ノック知事が一九九九年の大阪府知事選挙後、選挙活動をしていた女子大学生から強制わいせつとセクハラ行為で民事訴訟を起こされた。同年十二月に知事を辞職。

え～、態度の、態度のデカい割にねぇ、あのお辞儀だけバカっ丁寧だと言われるんだよ（笑）。俺はあの、そっけないお辞儀するの嫌いなんだよ。（二代目桂）米朝さんみたいな、ああいうの。やっぱりね、昔の（柳家）権太楼みたいなほうが、大きなお世話だけど好きなんだよ。

ずっと風邪をひいていてね。あんなものバカがひくもんだと思っていたら、そうではないんだね（笑）。ボーンと霞んでやがる、世の中が。

今、もう、（横山）ノックちゃんの事件をはじめ、頭に来て、弱者が、……とにかく弱者の意見が全部通っちゃうんだ。アナタがた、とにかく弱者になることですよ。早いこと、身体××者になっちゃうこと。そうすれば、大概のことは通るからね。下手すりゃ、一発言ったらそれでお終いになっちゃうもんね。「身体××者を殺せ」何て言った日にはね、それだけで、もう芸能界を追放になっちゃうからね（笑）。言っておくが、おれの口が悪いのも、身体××者なんだから大事にしろよな（爆笑・拍手）。

まぁ、落語もいいけど、……落語は難しいですよね（笑）。なんかいい小噺ねぇかなぁ（笑）。ちょっと本（談志の著書）貸してくれねぇか、読むから（爆笑）。

男と女、若いのが喧嘩してやがって、

「よしなよ、若いんだから。喧嘩して、どっちが悪いの?」

「この人が悪いのよ、殴り返してきたんだから」

なんてのがあったけどね（爆笑）。

「ウチの人、焼餅焼くのよね」

「なんで?」

「証拠がないのに焼くのよね」

「証拠がないのは、アンタの責任よ」

ってのがあるんだけどね。こういうの好きなんだ。

「どうしたんですか?」

「ウチの人に殴られたんですよ」

「あれぇ?　確か旅行中じゃなかったですか?　ご主人」

「いやぁ、あたしもそう思っていたんですよね」

なんてのがあってね(爆笑・拍手)。

「遅かったじゃないの、アンタ」

「う、うん」

「『うん』じゃないわよ、今、救急車を呼んだとこなのよ」

「……何かあったのか?」

「これからよ」

なんていうのがある(爆笑)。男と女で、何ていうのかなぁ、セクハラっていうのも困ったもので、男ってのはねぇ、弱いもんだからねぇ、ある程度女が泳がしてくれないともたないんですよ。劣等の者なんですよ。まったくまぁ、ノックちゃんもどれだけのことをしたのか知らないけれども、そんなの手を突っ込んでねぇ、おれ、やったことあるけどねぇ、そんなオ×ンコまで手なんか届きやしませんですよ(爆笑・拍手)。うん、向こうで、よっぽど腰を浮かすとか（笑）、協力するならいいけれどねぇ、あれ、ヤクザがやったら恐喝ですよ、一種の。

「俺の女《すけ》に手を出しやがった。ケツを触ったろ？　金出せ」

っていう。それで、大阪の野郎共ね、少なくも、（笑福亭）鶴瓶でも（月亭）八方でもね、上龍（上岡龍太郎）でもね、弔い合戦に一人も出ていかねぇって、卑怯だね、おれに言わせりゃぁ（爆笑）。うん、「おれが行こうかな」と思っているぐらい。

おれは別に、（アルベルト・）フジモリが負けたときに敵討ちに行こうと思っているくらいだからね（笑）。スケールが大きいの（爆笑）。

『洒落小町』へ続く

不景気のほうが日本人、似合うよ

二〇〇一年十一月二十二日　イイノホール
にっかん飛切落語会　第二七二夜『よかちょろ』のまくらより

風邪ひいてね、最悪の状態なんだ。本来なら、来ないんだけどね（笑）。家にいてもしょうがないから、それで来たんだ。それが証拠にテレビ（出演）をすっぽかして来たんですからね、昨日、一昨日か。あ～、すっぽかすんじゃないですよね。〝すっぽかす〟っていうのは、向こうの言い草でこっちにとっちゃ、自分の身体……「芸人は舞台で死ぬのが本望だ」なんて、冗談言うな。こんな小汚いところで誰が死にたい（爆笑）？　同じ死ぬならダイナマイト持って客席に入ってな、一緒にぶっ壊して死んじゃうならいいけれども（爆笑）。

余談だけどねぇ、二年ぐらい前に酔っぱらってねぇ、懐メロのバーで、おれ、チ×ボコ出して、踊ってたんだよね（笑）。で、（ビート）たけしが一緒に来ていて、たけしもチ×ボコ出して踊ってんだよ（笑）。……小朝に出せないんだよな。この差なんだよな（爆笑・拍手）。三枝（現・文枝）も出せないかも知れないね。ああ、鶴瓶は出すね、あいつはねぇ（笑）。（二代目桂）ざこばなんて、言わない前から出したりして（爆笑）。勘九郎（十八代目中村勘三郎）も出すだろうな、ことによったら。おれが出せば、出して踊ったら。たけしが出したら、勘九郎出すよ。染五郎（現・二代目松本白鸚）もことによると、考えながら出すかも知れない（爆笑）。うん、まぁまぁ、こういうこと、要するにね。

ボォーっと霞んできやがった、客席が（笑）。う～ん、小噺、一つ演る（笑・拍手？）

「どうだい？　景気は」

「少なくも、明日よりはいいだろう」

ってのがあるけどね（笑）。支持率って何なの、おれ、知らねぇけど。おれなんて、支持率なんてやった日には、最低だろうね（笑）。森喜朗でなんでいけないのかね？　誰ならイイのかね？　みんな、似たり寄ったりだよ。石原だってどうってことないよ、あんな者。眼をパチパチすることぐらいしか、特色がない（爆笑・拍手）。

煎じ詰めれば、景気が悪いってことかね、森さんじゃぁ。どこが悪いの、選ぶ奴は何なの、あのう。どれだけの者なの？　どこが気に入らないのっつうのが、ないもんね。どこがどうなの？　強いて言えば景気が悪いって、おれは景気が悪いほうがいいと思っているよ。景気がよかったとき、バブルのときは、何した？　大人たちは。海外に土地買ってみたりさぁ、文芸書一冊読んだ奴いないだろうよ。文化映画を一本撮った奴もいねぇだろうよ、そんなもの。良い、悪いんじゃなくって、少なくも女ぁ、愛人拵えてマンションに住まわせたり、ゴルフの会員権を増やしたって、それより遥かにいいと思うよ、そんなもの。いいよ、不景気のほうが日本人、似合うよ（笑）。落語も分かり易いよ、そのほうが（爆笑）。

「（五代目古今亭志ん生の口調で）お前さん、何で、一緒になっているのぉ？」

なんて、あの志ん生師匠のギャグも分かるようになるもん。

「見込みあるの？」

「ないよ、あんな者」

「じゃぁ、何で一緒になってんだよぉ」

「だって、寒いんだもの」

なんて（爆笑）、そういうのが分かるようになるよ。

あ〜あ、『よかちょろ』演ろう。おれは、（八代目桂）文楽師匠の中で、『よかちょろ』と『王子の幇間《たいこ》』が一番好きなんだ。それで、まぁ、演るんだけどね。

文楽たって、今のあの、（九代目桂）セコ文楽じゃないよ、言っとくけど、あの（爆笑）。あのバカじゃないよ、本当に、落語家もおれがちょいといなくなると、この騒ぎだ、ほうら、もう。（三代目三遊亭）圓歌を会長にしちまうわ、まぁ（笑）。新党はだらしがねぇわ、もう。どうにもならねぇね。まぁ、末期症状だからしょうがねぇんだろうけどね。桂文平が（六代目柳亭）左楽になるって、いうんだよ。なんでもなりなよ、そんなもの。……だけどやっぱりおれの美学では嫌だね。志ん朝が志ん生になるのなら、「結構！」と思う。大拍手してやるけど、う〜ん。圓楽が圓生になるんだっていいですよ。……おれが、なろうか？　みんな継いじゃおうか？、おれが、面倒くせぇから（爆笑・拍手）、その。〝桂文楽古今亭志ん生……〟って、全部名前並べて長い名前（爆笑）、寿限無寿限無みたいになっちゃうんだよ（爆笑・拍手）。名前をひっくり返すとね、上がり囃子が全部聞こえてなぁ、で、今の落語演ればいいんじゃないか、それでなぁ（……爆笑・拍手）？

とりあえず、都合がよくって、世の中が分かってねぇ、それで人間を見る目がっていうのは、落語を聴かせるよりしょうがないね（笑）。加藤紘一も落語を聴いてりゃ、あんなことをやんなかったんだよ（爆笑）。やっても、「どうもすまねぇ」でお終いになっちゃう（爆笑・拍手）。

『よかちょろ』へ続く

何度聞いてもいいねぇ、このセリフは

二〇〇一年九月二十一日　イイノホール
にっかん飛切落語会　第二七七夜『権兵衛狸』のまくらより

楽屋で聴いてて、我が弟子（立川笑志、現・立川生志『反対俥』）ながら腹が立ってな、ああいうの聴いていると（笑）。でもまぁ、落語協会の若い真打なんかよりは、いくらか救われるのかも知れないけれど（笑）。酷《ひで》ぇもんなぁ、まったく、まぁ。

それにしても、あの、ニューヨークのニュースはよかった（爆笑）。本当に見てて、「たがやぁ〜」っていう（爆笑）、あれこそ、『たがや』でね、あれ、スポーンと抜けて、向こうへ飛んで行ったらもっと凄かったと思うがね（笑）。ドベーンっと飛んで行っちゃう。ああ、イイねぇ。フランス人なんぞは、全国民喜んでいるんだろうね。「トレビアーン」ってなことを言ってね。なんか日本は、ああいう事件を見ると、「テロはいけないと、思わなきゃいけない」と思っているのか、自然のうちにアメリカに迎合するのが、実践は出来ちゃったのか知らないけれど、おれなんざぁ、アメリカ人大嫌いだから……。世界中から嫌われているってことを分かってないんだ、あいつらなぁ（笑）。

あの、昔のジョークに、赤の広場に、ロシアンジョークですがね、あの、鐘が鳴って電話がかかってきて、共産党の本部かなんかに、

「なんで、あれ、電話が鳴っているんですか？」

って、訊くと、

「スターリンが死んだから、鐘を鳴らしているんだよ」

で、また、かかってきた。

「なんで、あの赤の広場に鐘が……」

「スターリンが死んだから」

同じ奴が、

「何度、かけて来るんだ、このバカ野郎。スターリンが死んだから、鐘を鳴らしているんじゃないか！」

「何度聞いてもいいねぇ、このセリフは」（爆笑・拍手）

って、あれと同じでね。何度見ても面白かった、あれは（爆笑）。前も、「火事が好きだ」って、言ったらねぇ、

「どうして、アナタは、そういう、その酷いことを言う、自分の家が焼けたら、どうする

んですか？」

　って、言うから、

「自分の家が焼けるのは、火事じゃないから。災難とかなんとかって、言うんだよ」（笑）

　火事っていうのは人の家が焼けるから、面白いのと同じようなもんだ。関係ねぇもん、おれ（笑）。北千住の信用金庫が潰れたら、困るのはあるかも知れないけど（笑）。

　来月（の『飛切落語会』は）何だか、圓楽と小さん師匠だって？　いいのかね？　おいあいつら、『笑点』がなかったら、どうにもなんねぇだろ、あれ（爆笑・拍手）。おれに足（爆笑）。ああ、楽なもんだね、昔憶えた落語であんだけ商売が出来るんだもんね（笑）。を向けて寝られないんだけどな。まぁ、いいや、そんなこと言ってもしょうがねぇし。

　志ん朝がなんか患っちゃったって、言うんでね。「がんでねぇ」って、言うから、心配してるんだけどね、今ね（笑）。

　今日は、面白くないよ、言っとくけど、ダメだよ（笑）。でねぇ、あのう、ある普通の落語を演っている分には、別に笑わすのはそこそこ出来るんですけどね。それ、嫌なんだね。じゃぁというんで、未完成のものを演ると、……と元気のないとき演ると大概失敗するっていう……（笑）。なんか演っているうちに、なんかいろいろ思い出すからね（拍手）。笑志の落語で笑っているんだから、割と落語には素人の客が多いなってのは、直ぐ分かる（爆笑・拍手）。

じゃぁ、『権兵衛狸』を演ろう。

『権兵衛狸』へ続く

動物は無精で、人間は好奇心だけ

二〇〇三年一月二十日　イイノホール
にっかん飛切落語会　第二八五夜『短命』のまくらより

こんな声になっちゃって、うんうん。身体は、もうダメ（笑）。六月にまた、食道の手術だってさ、がんのね。どうでもしてくれよ。でも、医者がねぇ、……喉がよくないんですな。「大丈夫だよ」って、言うとね、「そうでしょ」って、言うくらい元気なんですよ。よく食うしね。飲むし、出るし、走るし、跳ぶし（笑）。意外なものです。だから、数値だけ見て、

「ああ、こりゃぁ、肝硬変の糖尿病ですね」

なんて言っているんですけどね。

「ストレスを持つことが一番いけないんですよ」

って、言う。よく言うよ、「ストレスを持っちゃいけないいんだ」ってことが、ストレスになるじゃないですか、ねぇ（笑）。医者っていうのはね、

「大丈夫だ」

って言うのが、一番いい医者みたい。仮にそれが間違っていようが、何であろうがね、

「大丈夫ですよ」

って、言ってくれるのが、一番いい医者みたい。そんな気がしますが。

あたしは動物ってのはねぇ、自分の作ったプログラミングっていうのがねぇ、当たったものだけが生き残ってね、そうでないものは死滅しちゃった。人間も滅びるものなんだけど、どういう訳だか知性があったんで、生き延びて今日に至って文明でぶっ壊している。こういう言い方なんだ。もっと分かり易く言うと、ん〜、あるときみんな大勢集まった。いろんな動物がね。それで、何になるかってワァーワァーやっててね、「面倒くさいから、勝手にしろ」って、言われて、

「それじゃあ、わたしはライオンになる」

とか、「芋虫になる」とか、「ネズミになる」とかって決めたんでしょうという考え方なんだ。進化論ってのは嘘だっていう考えでね。戸川幸夫さんに、

「キリンの首はなぜ長いんですか?」

って、言ったらね、

「エサがなくなったから、段々段々、こう伸ばしてきた」

って、言うんだ。

「キリンがあとから来た証拠がないでしょう」

って、言ったんですよね（笑）。ブタがあとから来りゃぁ、ブタが伸ばしたんだけど、豚は伸ばされねぇんだから（笑）。ワニなんぞ、ハンドバッグにされちゃうと思ったら、背中でもなんでも、ぐちゃぐちゃにしちゃえばいいのにしないんだから（笑）。で、死んだ景山民夫に言ったらね、

「そりゃぁ、師匠無理ですよ。ワニは腕が短いから、ショルダーって発想がねぇんだ」

って、言ってましたけどね（爆笑）。

あいつが死んで、高田（文夫）がおれのところに来やがってねぇ、

「師匠、あの景山民夫の最期の言葉を知ってますか？」

「知らねぇよ、何て言ったの？」

「アッチッチって、言ったんですよ」（爆笑）

榎本滋民《えのもとしげたみ》も、「アッチッチ」って、言ったのかね、知らないけど。

で、その動物が……、そのときにディレクターがいてね、

「陸海空はダメだよ」

って、言ったんだろうね。自衛隊はダメだ、陸海空はダメですよ。陸と海、海と陸とか

ね、または空と海とか、そうでなければコンドルなんか、海の中に行けない訳ないんですがね。ディレクター、神と言ってもいいけど、それがいたんでしょうね。それで自分が決めた場所に行ってですなぁ、う〜ん、だから南極に行くのに、毛を厚くして行った奴はいいけど、薄くして行った奴は死んじゃったと。逆に厚くして南洋に行った奴は死んじゃうと。で、南極行って厚くして行った奴は助かったけど、「パパイヤ食いてぇ」の「ドリアン食いてぇ」のは、死んじゃうと（笑）。「ペンギン鳥の肉でもいい」って、言った奴は生き残ったと、こういう考え方だったんですよ。で、人間は本来は死滅すべきほうに入ってね。十℃の温度の差で参っちゃうんですから。スキンも厚くならなきゃ、毛も生えて来ないんですから、頭《ここ》だけ生えてきたってどうにもならないんです、あんなものね（爆笑）。

それがねぇ、あるときにねぇ、動物は、「不精なんだ」って、言うんですよ。これ、誰かなぁ、西丸（震哉）先生だっけかな。誰か、「不精なんだ」って。と、

「人間の言っていることは、みんな分かってますか?」

「分かってます。全部、自分に関係のあることは、全部分かっている。……関係のないことは一切不精だから……」

「命がけの不精なの?」

「命がけの不精なの」

「じゃぁ、パンダは竹がなくなったら、お終い。蚕は桑がなくなったら、お終い。コアラはユーカリがなくなったら、お終い。不精だって、言うと、他のモノも食いますか？」（笑）

って、言ったら、

「食わないでしょうねぇ、この論理から言うと」

で、カバ園長（西山登志雄）に会ってね、それでね、こんな話をしましたって、言ったらね、

「なに言ってんだ、談志さん。食べますよ」

って、言うの。

「パンダっていうのは、肉まで食うよ。イメージが悪くなるからあげないだけの話でね」

（爆笑）

肉を食うってさ。どっかで、北京で見たパンダはねぇ、なんか鰻丼を食ってたって、言ってましたよ（爆笑）。「タレが足らねぇ」とかなんとか言ってねぇ（笑）。そうらしいですね。

と、人間は好奇心なんだね。動物《むこう》は不精で、人間は好奇心だけあったのね。好奇心ってのは、次から次へ、知性だと思ったら知性じゃなくて好奇心なんだよ。好奇心を止められ

ら、こんなちり紙出しやがって（爆笑）。

あ～、クリスマスか……。笑わせやがる、バカ野郎、こんなもの（笑）。何やるんだろうねぇ。え～、クリスマス、……なんか言おうと思ったんだけど、忘れちゃった（笑）。

……クリスマスね。

あのね、あたしは新聞をとってないからね、事件の大きさっていうのがね、自分の尺度でしかない訳ね。新聞とっているとね、こういう事件が、これだけあると、そういう頭の入り方をするんですよね。自分で考えるとね、そういうのが撤去されてね、いいのか、悪いのか。時々、まぁ、見ると自分なりのサイズがこう、決まるってのがありますなぁ、新聞とってないと。

え～、で、世の中で一番悪いのはねぇ、キリスト教だとおれは思うな、ハッキリ言ってな（笑）。本当は二つあってね、キリスト教とマルクス・レーニン主義だったの。こっちは崩壊しちゃったからイイんだけどね。まぁ、北朝鮮まだやってるけどね。……金正《キムジョン》日《イル》、万歳《マンセー》（爆笑・拍手）！　……で、キリスト教ねぇ、あのねぇ、そりゃぁ、怒るよ、イスラムは。彼等はすべて回教徒の下に暮らしている訳ですから、すべての戒律が、ラマダンだろうが、礼拝だろうがね。

アイヤァ～、エンヤィァエア～（爆笑）。

高座でね、コーラン聴かせる噺家他にいないよ（爆笑・拍手）。で、その中にそれこそアラビアンナイトもシルクロードもシンドバッドも、バスラの港から出て行くっていう……、あったんですよね、繁栄が。それをキリスト教の奴らがねぇ、売《う》っ払《ぱら》っちまった、ええ。経済、衣食住の確立のために、イスラム教を下に置きやがったんだ。そうとしか考えられない。で、怒った訳ですよ、向こうでね。あたしはそう解釈しているんですけどねぇ。

え〜、フセインが捕まっちゃって。だらしのない奴だ、捕まるなよな（笑）。ビン・ラーディンのほうが偉いね（……笑）。この間、電話があった、ビン・ラーディンから（爆笑）。

「どこにいるんだ？」

って、言ったら、

「下北沢にいる」

って、言ってたよ（爆笑・拍手）。フセインもねぇ、今、どこで裁こうかってことでしょう？　イラクで裁くか、ちょっともう、アメリカという名の国際連合で裁くかということ。これはイラン、イラクのほうがいいんですよ。裁く（砂漠）。ね（爆笑・拍手）？

……あー、砂漠。つまりね、これほどセコいジョークを演らないと、これからやる落語のサゲが、もたないってサゲなんだ（爆笑）。『源平盛衰記』を演ろうって、言ってんだ、これはな（拍手）。今日が見納めだと思うよ、来年死ぬんだからねぇ、おれねぇ（笑）。来年死んじゃうと思う。今も、喉がカラカラ、唾液が一つもないんですよ。ええ、なんとか演ります。こっちの欠陥を相手に伝えて演るってのは、卑怯であるし、自分もそうなんだけどね。よしたほうがいいんだけどね、まぁ、イイや。

前はね、「ドラムの響きのようだ」って評されたわたしの、小《こ》さんの『源平』、談志の『源平』ってのはね。教わったのは大したことがないの、（初代林家）三平さんから教わったの（爆笑）。……とにかくサゲが「踊る平家は久しからず」ですから（爆笑・拍手）。おれ、これと「孝行糖、孝行糖」が最高だと思っているけどね（笑）、まぁ。

昔通りに演って、それで、現代とのギャップを笑いながら噺を進めていきますからね（爆笑・拍手）。

『源平盛衰記』へ続く

あれは、女房じゃない

二〇〇五年十二月十四日　イイノホール
にっかん飛切落語会　すぺしゃる『風呂敷』のまくらより

【噺の前説】二〇〇五年十一月に発覚した耐震偽装問題。マスコミは震度五強の地震で倒壊の恐れがあると報道し、「殺人マンション」と揶揄した。

世の中いろんな事件があるのは、あれは逆から見ると、あの、日本人が求めているものがああいう形で出ているだけでね。つまり、大人しくしてられない、騒がないと、己がどう考えたらいいか分からない。徳川時代だとか、文明開化だとか、戦争中とか、戦後とかって、いうんで、なんか食わなきゃならないとか、頑張んなきゃならないとか、「欲しがりません勝つまでは」とか、いろいろあったから、そこで暮らしているのは、どうやら出来たんですが。自分がこうやって、衣食住と経済が満足すると、どうしていいか分からんなくなっちゃうんでしょうね。え〜、そういう経験がないから……。でも、昔は、その間に何か考えてくれる人がいたんじゃないですかねぇ。日蓮がどうだったたか、やれ、寺社だ、学者だというのが考えてくれた。

今、それは騒ぐほうへついちゃって、テレビ側へついて、コメンテーターって奴は、向こうへ行ってこう騒いでいる。だから、騒ぐことのために出てくる。おそらく殺した奴のどっかに、「ウケてるでしょう」っていうのがきっとあるんじゃないかと思いますがなぁ。なぜあんなのが出るかっていうのは、もう、当然のことで、ドンドン出て来ないと庶民が参っちゃうんですねぇ。こういう場合どうしたらいいか、ったら、もう、ユーモアしかないんでしょうね。

欠陥住宅を怒ったって、

「もし、妹の家がねぇ、頼みに来たら、こんなことをやるんですかね？」

やる訳ねぇじゃないか、そんなもの（笑）。世の中に手抜き工事がないと思っているのかね？　札幌だって、「狸小路」ってのがあるくらいなもんだからね（爆笑）。人さらいがいねぇと思っているのかね？　人殺しがねぇと思っているのかね？　欠陥住宅なんて、グルになって、……あたしの家なんか、その頃の基準はどうだったか知らないけれどもね、少なくも、今は、あれどこの騒ぎじゃないでしょう。それでも、倒れやしないですよ、あんなもの（笑）。このあいだ、夏に、震度五の地震が来たでしょう。そのときあたしは浅草の5656《ごろごろ》会館ってとこでね、落語演ってたの。ガァーンって来ましたけどね。……5656会館なんて、雷おこしなんてあんな前近代的なやつの建物がね（笑）、震度五で驚かないんだからね、あんなもの。

落語で言う、完全に『お化け長屋』ですよね、あれね、どう考えたってねぇ？

「これ、どのくらいの家賃がかかってんだよ？」

「家賃？　別に要らないですよ。住んでくれりゃぁ。いくらかあげましょうか？　こっちから」（笑）

「本当かよ、おい。ありがてぇなぁ、頼む」

「ちょいと待ってください、アナタ。住むのはいいけど、この世の中に、その、貸して、金はいらないって、言うんだから、何かあると思いませんか？」

「うん、分かっているよ、お化けが出るんだろ？」（爆笑）

「う、うん、そうですよ」

「いいじゃねぇか。面白いよ」

って、これと同じですよね（笑）。

「こんなに安くて、アナタ、これだけのものを、貸すと、または売ると思いますか？」

「う～ん」

「なんかあると思いませんか?」

「分かってるよ、欠陥住宅だろ、こんなもの(爆笑・拍手)、震度五で来るんだろ、イイよ、驚かねぇよ。タダになるなら、このほうがありがてぇ」って奴が、どうしていないのかねぇ（笑）。そういう発想をする奴が（爆笑）。みんな、「怪しからん。怪しからん」って、手前《てめぇ》と関係ねぇ奴まで、「怪しからん」って、言ってね。あ～、始末が悪いですわな。

え～、それで今日は落語を演って、それでもう暮れだから、よく演る小噺でも演って、お終いに十四日だから『二度目の清書』を演るか、「このあいだ聴いたからイイ」ってんだら演らないだけの話でね（笑）。

え～、歳とって来て、どうも元気がなくなって来てねぇ。え～、お務めというと女房には悪いけど、それも元気がなくなってきましてね、友達に相談すると、

「じゃあ、こんなことをやったらどうなんだろう？」

と、どう教わったか、また元気になってね。女房は喜んでね、……途中でちょっとやめて、洗面所に行ったりして、また来て元気になって、

「なんなんだろう？」

って、気になってね。あるとき、やってる途中で終わって、あとをつけて行った。亭主

は洗面所の鏡に向かって、

「あれは、女房じゃない。あれは、女房じゃない」（爆笑・拍手）

あ〜、こういうのいくらもあるよ、おれは（笑）。

『風呂敷』へ続く

『芝浜』なんか三分もありゃぁ、出来ちゃう

二〇〇七年十二月二十一日　イイノホール
にっかん飛切落語会　すぺしゃる『金玉医者』のまくらより

え～、ジョークというのはねぇ、新しいジョークというのはないんです。古典落語と同じようにみんな古いんです。それをどう使うかっていうね。若者にこういう古いジョークが分かるんですね。

「今、俺、胎教に凝っていてね」

「うーん、何だい？」

「『何だい？』ってほら、ウチの女房が、今、妊娠中だからその腹の子にいい音楽を聴かせているとやがていい作曲家になるとか、プレイヤーになるとかさぁ、そのう、音楽家……」

「ああ、そう。俺、それを信用しねぇんだよ」

「信用しないの？」

「理由はあるよ。俺はおふくろの腹にいたときに、いつもおふくろが古ぼけた傷だらけのレコードをかけていたって、言うんだよ。だからといって別に俺はね、だからといって別に俺はね、だからといって別に俺はね、だからといって別に俺はね……」（爆笑）

医者のジョークを次から次へと並べて、医者の噺に入って、……独演会ばかり演っているからねぇ、いきなり噺に入るという習慣が段々出来なくなってねぇ。あんまりイイこっちゃないと思っているんですけどねぇ。

おれは器用だからねぇ、『芝浜』なんか三分もありゃぁ、出来ちゃうしねぇ（爆笑）。このあいだ、よかったぞぉ。ええ？　よかっただろ（拍手）？　あれは感動なんてもんじゃない、おれ、自分で茫然自失（笑）って、言うかねぇ。そのくらい、素晴らしかった。まぁ、これは、聴いていない人には何を言っても分からないだろうけどね（笑）。

ジョークってのは、動物ジョークとか、レストラン・ジョークとかって、いろいろ分けられるんだけど、どっから入ってこようかな、医者のジョーク、うん。

「手術、上手くいったのか？」

「ええ？　今の、解剖じゃなかったのか？」（爆笑）

なんていう、大して……、う～ん、面白くないけれども（笑）。

「そこで、着物脱いでください」

「先生から、どうぞ」

なんて、言われてね（笑）。

「睡眠薬を一週間分、お出ししておきます」

「そんなに寝なくもイイんですよ」

なんてのがある（笑……爆笑）。あ～、頭がダメだ。

「今度来た若い先生、イイわねぇ、カッコ良くて。診てもらおうかしら」

「何を診てもらうの？　アンタ、元気だし、ぴちぴちしてるし、若いし」

「それを見てもらいたいのよね」（爆笑）

なんていうのがある。え～、これ、最後までもつかねぇ？　声がこんな声になっちゃってね。今年が最後かもしれないよ、おれ、本当を言うと、分からないけどね。も、もう、ダメだ、うん。……あとは楽太郎（六代目三遊亭円楽）に譲る。なんだかよく分からないけど（爆笑）。全く分からないけどね。

『金玉医者』へ続く

あとがき

別の一門の落語家や、キャリアも上に下にとバラバラな共演者が前後にいるなかで登場する談志師匠、持ち時間も限られている状況で己が高座をどう盛り上げ、まとめていくのか。そんなときのまくらは高座の出来を決定づける重要な箇所です。

個人的なことですが、私はここに収められている九十年代、〇〇年代の高座のいくつかは現場で拝聴していました。当時談志師匠はチケットが取れずなかなか生で観られない人物でしたが、私が聴けたのはそこが「にっかん飛切落語会」だったからです。改装前のイイノホール、落語が不入りになっていた時代でも「にっかん飛切」は奮闘していました。学生にとっては手の届く価格で入場することができる貴重な会でした。ここだけの話、どんなに満員なときでも、学生が開演後にだれもいなくなった入口で、それでも辛抱強く待っていれば、こっそり通路に座らせてくれる。そんな会でした。

出囃子が鳴り、めくりに「立川談志」と出ると、それまでの客席とは打って変わって静かになり、空間に緊張が走っていたことを記憶しています。他の落語家にはない、圧倒的に息苦しい感じ。しかしこの師匠の戦術はその圧力からの解放だったんです。不機嫌そうに出てくる。やる気がなさそうに出てくる。でも、お客さんの反応に少しずつ乗せられて、楽しそうにやりはじめる。観客は幸せになる。完全に手玉に取られる。衝撃的な体験でした。まったくほかの落語家と違うんです。

寄席に出演し、圓生師匠や小さん師匠も存命で、圓蔵師匠や圓楽師匠と憎まれ口をたたき合い、志ん朝師匠や小三治師匠とも共存していた七十年代。生意気で尊大でいきがっているキャラクターが愛らしいですが、そのまま協会を抜け歳を重ねてくると、その時だけ聴いたひとは、ただ偉そうな人と誤解してしまったかもしれません。が、この本を読むと師匠の心はずっと天才落語青年だったことがわかります。私が感じた、あの「息苦しい感じ」からの解放、爆笑の高座は、談志ファンたちと、初見で「談志、どうなの？」「うわ、信者っぽい人がいる、キモっ」と身構えた人たちの混在する客席を、落語青年がひとつにまとめていく手法だったのだなと、今回改めて実感しました。

現在は「息苦しい感じ」が劇場の外に日常的に漂っている空気となっています。全員が、顔と心にマスクをした状態です。だからこそ、いま談志が必要なのだと思います。本書のなかにも、ハッとさせられる言葉が、ふんだんにありましたよね？　談志師匠は、まだ生きています。

サンキュータツオ（漫才師／日本語学者）

◉サンキュータツオ　プロフィール

一九七六年生まれ。漫才コンビ「米粒写経」として活動。二〇一四年より「渋谷らくご」番組編成。早稲田大学文学研究科日本語日本文化専攻博士後期課程修了。研究テーマは、笑いとレトリック。一橋大、早稲田大、成城大非常勤講師。

QRコードの使用方法

■ 特典頁のQRコードを読み込むには、専用のアプリが必要です。機種によっては最初からインストールされているものもありますので、確認してみてください。

■ お手持ちのスマホにQRコード読み取りアプリがなければ、iPhoneは「App Store」から、Androidは「Google play」からインストールしてください。「QRコード」や「バーコード」などで検索すると多くの無料アプリが見つかります。アプリによってはQRコードの読み取りが上手くいかない場合がありますので、いくつか選んでインストールしてください。

■ アプリを起動すると、カメラの撮影モードになる機種が多いと思いますが、それ以外のアプリの場合、QRコードの読み込みといった名前のメニューがあると思いますので、そちらをタップしてください。

■ 次に、画面内に大きな四角の枠が表示されます。その枠内に収まるようにQRコードを映してください。上手に読み込むコツは、枠内に大きめに収めること、被写体との距離を調節してピントを合わせることです。

■ 読み取れない場合は、QRコードが四角い枠からはみ出さないように、かつ大きめに、ピントを合わせて映してください。また、手ぶれも読み取りにくくなる原因ですので、なるべくスマホを動かさないようにしてください。

『蜘蛛駕籠』

【録音データ】2000年2月9日
国立演芸場　立川談志ひとり会より

「珍品を演るからな」と宣言して始めたのが、この『蜘蛛駕籠』。師匠である五代目柳家小さん師匠の十八番で出来の良さを談志本人も認めていたこともあり、遠慮したのか演じることが珍しかった。声を失う喉の手術の際、ストレッチャーで術前に運ばれる際に、「へい、駕籠。へい、駕籠」と喋っていたと伝わっている。

パスワード　2000020901

『芝浜』

【録音データ】2000年2月9日
国立演芸場　立川談志ひとり会より

非常識とイリュージョンを愛した談志が、常識的な夫婦愛をうたう『芝浜』を「嫌いな噺」と位置付けていながら、この演目の名演で評判になったことは皮肉であった。前年の年末の「ひとり会」で、『富久』をかけたせいか、2月に高座にかけた珍しい『芝浜』。「照れる噺だから……」と語りはじめる。

パスワード　200002090202

立川談志 まくらコレクション
これが最期の“まくら”と“ごたく”

2021年11月25日　初版第一刷発行

著……………………………………………………… 立川談志
まえがき・あとがき……………………… サンキュータツオ
編集人…………………………………………………… 加藤威史
構成……………………………………………… 十郎ザエモン
協力……………………………………………………… 談志役場
音声データ提供………………… 株式会社日刊スポーツ新聞社
校閲校正………………………………………………… 丸山真保
装丁・組版……………………………………… ニシヤマツヨシ
QRコード音声データ配信　……………………………… 小倉真一

発行人…………………………………………………… 後藤明信
発行所………………………………………… 株式会社竹書房
〒102-0075 東京都千代田区三番町8-1 三番町東急ビル6F
email : info@takeshobo.co.jp
http://www.takeshobo.co.jp

印刷・製本……………………………… 中央精版印刷株式会社
